THOMAS MICHALSKI
Verdorbene Asche

Jedes Jahr pilgern die Leute aus dem ganzen Umland in ein kleines Eifeldorf, um einem ganz besonderen Osterritus beizuwohnen: Große Räder aus Holz werden mit Stroh und Reisig versehen, entfacht und eine kleine Steilklippe nahe der Siedlung hinabgeschickt, um die bösen Geister zu vertreiben. Ein Brauch, vielleicht so alt wie das Dorf selbst.

Doch als der ansässige Pfarrer während der Karfreitagsprozession ums Leben kommt, gerät das ganze Fest aus den Fugen. Weder der junge, vor kurzem erst zugezogene und unerwartet an sein Amt gekommene Bürgermeister, noch eine Journalistin, die eigentlich nur für einen Brauchtumsbericht angereist ist, können sich auf die Vorgänge einen Reim machen.

Als jedoch schon am Tag nach dem Mord ein Ersatz für den verstorbenen Priester eintrifft, angeblich direkt aus der Heiligen Stadt, ist den beiden eines klar: Hier geht es um mehr, als es zunächst den Anschein hat.

Über den Autor
Thomas Michalski, Jahrgang 1983, verbrachte seine Kindheit und Jugend in der schroffen Landschaft der Eifel. 2003 zog er nach Aachen und absolvierte dort an der RWTH ein Studium der Germanistischen und Allgemeinen Literaturwissenschaft sowie der Philosophie.

Er war dort mehrere Jahre als Journalist tätig, veröffentlicht Artikel in verschiedenen Fachmagazinen und ist der Autor mehrerer Bücher aus den Bereichen Sachbuch und Belletristik.

Heute ist er in die Eifel zurückgekehrt, arbeitet dort als Layouter und Grafiker und widmet sich nebenher weiterhin seinen Büchern.

Weitere Bücher von Thomas Michalski
Belletristik
    Verfluchte Eifel
    Schleier aus Schnee
    Pollenläufer (geplant)
    Weltenscherben (geplant)

Sachbücher
    Einfach Filme machen

THOMAS MICHALSKI
VERDORBENE ASCHE

Roman

© 2019 Thomas Michalski

Texte, Satz und Umschlagsgestaltung: Thomas Michalski
Erstleser und Lektorat: Lina Goege, Angela Trautsch
Korrektorat: Julia Fink, Thomas Michalski
Herstellung und Verlag: Books on Demand GmbH, Norderstedt

ISBN 978-3-7347-4541-6

***Bibliografische Information
der Deutschen Nationalbibliothek***
*Die Deutsche Nationalbibliothek verzeichnet diese Publikation in der
Deutschen Nationalbiografie; detaillierte bibliografische Daten sind im
Internet über
http://dnb.d-nb.de abrufbar.*

Für meine Mutter.
Sie war meine erste Leserin.

Für meinen Vater.
Seine Geschichten waren mein Tor
in die Welt des Erzählens.

Ihr werdet mir immer fehlen.

Triggerwarnungen findet ihr auf Seite 225 dieses Buches.

Funken.
Gründonnerstag.

Prolog

Die Flammen drängten die Dunkelheit zurück. Langsam, aber beständig schob sich der Fackelzug den Abhang hinauf. Wie jedes Jahr hatten sie die Feuer am Fuß des Felsens entzündet, dort, wo in der Osternacht die brennenden Räder aufschlagen würden. Und nun trugen sie das Licht den halben Weg hinauf, bis in das Dorf.

Die Nacht war kalt. Das Feuer spendete Licht und hüllte den Wald doch in tiefe Schatten. Für die Bewohner von Eschenfeld gehörte es dazu. In vergangenen Jahren hatte es zu Ostern auch schon geschneit, eine sternklare Nacht war insofern milde zu nennen. Wer auch immer den Ort einst begründet hatte, hatte seine Wurzeln an der Wetterseite des Tales geschlagen und die Bewohner hatte dies ebenso geformt wie die Häuser. Trotzig, nannte man sie.

Die Prozession verlief schweigend. Ein Schniefen oder Husten hier, das Rascheln der Kleidung dort, aber niemand sprach. Wenn, dann wäre das die Aufgabe des Pfarrers gewesen, doch die Tradition sah vor, dass er sie im Ort erwartete. Dort bereitete er auf dem Kirchplatz eine kleine Feuerstelle vor, die dann von der Gemeinde entfacht wurde. Eine Glutwache würde die zarte Flamme behüten – und manchmal, das wusste stillschweigend jeder im Ort, auch wieder neu entfachen, wenn der Wind es schlecht mit ihnen meinte –, um sie dann am Abend des Ostersonntag feierlich zu den Feuerrädern zu bringen. So, wie sie es jedes Jahr machten.

Eine Thermoskanne mit dampfendem Kaffee machte die Runde, Leute dankten einander stumm und langsam schwerer atmend. Eschenfeld lag im Hang, schmiegte sich in das steile Gelände. Es gab Häuser, die zum Tal hin drei Stockwerke mit Fenstern zeigten, doch zugleich zum Hang gerade eben mit dem Giebel über die Erde ragten. Aber sie waren ohnehin alle hier aufgewachsen, sie kannten ihren Heimatort nicht anders.

Plötzlich brach Unruhe aus. Der Schein oben im Dorf nahm an Intensität zu. Das waren nicht mehr die Straßenlaternen, das war ein Feuer. Hatten sich irgendwelche Kinder davongestohlen und das Feuer an der Kirche vor ihnen entfacht? Aber selbst dafür war es viel zu hell.

Dann ertönte die Sirene. Manchmal wurde sie noch getestet, aber es war Jahrzehnte her, dass man sie ernsthaft genutzt hatte. Auf- und abschwellend hallte ihr schriller Ton über die Prozession hinweg ins Tal.

Bewegung kam in die Leute. Sie mühten sich schneller die steile Straße hinauf, traten die Fackeln aus oder übergaben sie den Älteren, die ohnehin nicht Schritt halten konnten. Sie stürmten in das Dorf, passierten die ersten Grundstücke, kürzten durch den kleinen Park ab und hielten auf die Kirche zu. Aber es war nicht die Feuerstelle, die brannte.

Wie in Zeitlupe wandten die Bewohner ihre Blicke zur Seite. Ihre Augen folgten dem tanzenden Flug der Funken. Sie sahen Flammen aus Fenstern schlagen, sich züngelnd nach dem alten Fachwerk des Hauses verzehren. Sie spürten die Hitze, hörten das Prasseln und die dröhnende Sirene. Und jeder, einer nach dem anderen, begriff, was er sah.

Es war das Pfarrhaus, das in Flammen stand.

Glut.
Karfreitag.

1

Anton erreichte die äußeren Grenzen von Eschenfeld, gerade als es der Sonne gelang, sich über die umliegenden Hügel zu erheben. Der goldene Schimmer des Morgens hüllte die gesamte Bergflanke in ein märchenhaftes Licht. Anton genoss den Anblick – er hatte ihn schon immer sehr gemocht.

Er fuhr das Fenster seines Wagens ein wenig herab und ließ die kühle Morgenluft hinein. Es war wirklich kalt, sein Atem stieg augenblicklich auf, aber es roch nach Natur, nach Morgentau und Frühling. Doch noch etwas anderes lag da in der Luft. Er bemühte sich, es zuzuordnen, aber sicher war er sich nicht. Es roch wie Rauch.

Skeptisch blickte er die Straße weiter hinauf. Hatten sie die Osterfeuer früher entzündet? Das konnte er sich nicht vorstellen. Aber sein Haus lag am Fuße der Steigung, auf der sich irgendwo weiter oben der eigentliche Ortskern befand, und im Morgendunst ließ sich nicht ausmachen, ob dort schon ein Feuer brannte. Jemand hatte Anton mal erzählt, dass es hier oft gar kein Morgennebel, sondern eigentlich tiefhängende Wolken wären, die sich in den Wäldern verfingen. Er wusste nicht, ob das stimmte, aber der weißgraue Kranz, der sich weiter oben um den Berg schmiegte, machte es leicht, daran zu glauben.

Er lenkte seinen Wagen in die Einfahrt, stieg aus und trat noch einmal an die Straße zurück. Ja, es roch nach Rauch. Aber die Quelle ließ sich wirklich nicht ausmachen. Er würde sich später noch mal schlau machen müssen.

Das Gebäude war eigentlich ein alter Bauernhof, doch Anton hatte sich sofort in das Fachwerkhaus verliebt. Das war genau das gewesen, was er sich erhofft hatte, als er beschlossen hatte, in die Eifel zurückzukehren. Tiefe Decken und kleine Fenster, Holzöfen anstelle einer modernen Zentralheizung. Es gab keinen vollständigen Keller, nur einen Verschlag unter der Küche, in dem er im Sommer Bier und Gemüse kühl lagern konnte. Er schloss auf und die uralte Türe knarzte vernehmlich, als er sie aufstieß. Er wohnte nun ein Jahr hier, aber der Geruch von altem Holz dominierte noch immer im Inneren.

Anton durchquerte das Wohnzimmer, ging durch die Küche hinters Haus und griff sich einen Eimer mit Holzscheiten. Irgendein Tier schien in seiner Abwesenheit hinter dem Haus gewütet zu haben, aber offenbar war nur einer der Holzstapel in Bewegung geraten. Er würde sich die Tage darum kümmern müssen, aber es eilte nicht. Wieder drinnen befeuerte er zunächst den großen Ofen in der Küche, dann den kleineren im Wohnraum. Die Böden des Hauses waren mit Teppichen ausgelegt, Schicht um Schicht. Die Kälte kroch beständig durch das Erdreich und mehrere Monate lang hatte Anton im Grunde jeden Teppich gekauft, den er im Internet oder auf Flohmärkten billig finden konnte. Nun war es gedämmt und gemütlich, erinnerte aber auch etwas an eine Räuberhöhle.

Auf dem Weg nach draußen warf er einen Blick in den Spiegel. Der Urlaub hatte ihm nur unwesentlich etwas von seinem bleichen Hautton genommen, der Dreitagebart hingegen gefiel ihm. Vielleicht würde er den tatsächlich so belassen, wenn er nach Ostern wieder ins Büro ging. Aber das hatte ja noch ein paar Tage Zeit.

Er trat wieder hinaus, genoss noch einmal in einigen tiefen Zügen die Morgenluft und ging dann zum Auto, um seine Koffer auszuladen. Ein Geräusch aber ließ ihn innehalten. Ein Wagen kam die Straße entlang. Das war um diese Zeit ohnehin selten, an Karfreitag aber geradezu absurd. Neugierig trat er an die Straße und blickte erstaunt auf den Streifenwagen, der gerade den Blinker setzte, um in die Einfahrt einzubiegen. Anton machte ihm Platz und folgte dem Wagen dann wieder auf sein Haus zu.

Es war der neue Streifenwagen, den sie gerade erst erhalten hatten. Neues Modell, moderner Bedruck und eine dieser neuen Sirenen, die zwar versuchten, wie alte Martinshörner zu klingen, es aber irgendwie nicht ganz schafften.

Die Fahrertür öffnete sich und ein dicker, bärtiger Polizist wuchtete sich – unter beträchtlicher Anstrengung – ins Freie.

»Erich«, grüßte Anton ihn. Er kannte ihn, natürlich, so wie sich hier doch jeder irgendwie kannte. Zwar war Eschenfeld größer als man meinte und versteckte in seinen diversen Auslegern entlang der Bergflanke einige Hundert Bewohner, aber den Polizisten kannte man natürlich.

»Herr Bürgermeister«, grüßte er zurück. Nun gut, ihn kannte man wohl auch, räumte Anton in Gedanken ein, und schüttelte die Hand des Uniformierten.

»Was führt dich hier heraus?«, fragte er. Erich schüttelte verbissen den Kopf.

»Es ist furchtbar«, brachte er schließlich heraus. »Es ist alles so furchtbar.«

2

Die gelb getönten alten Glasfenster ließen an diesem Morgen kaum Licht in den Gastraum. *Anatolia*, stand in geschwungenen, gusseisernen Buchstaben über der Türe, aber die Einrichtung im Inneren war definitiv eher die eines Eifler Landhauses, und weniger die einer anatolischen Gaststätte. Auch die schwächelnde Raumbeleuchtung konnte nicht verhindern, dass der Raum schummrig dalag.

Eine einzige Lichtquelle schnitt jedoch kalt und wie ein Fremdkörper durch das Dunkel. Die junge Frau hatte sich an einen der Fensterplätze gesetzt, den Laptop aufgeklappt und begonnen, ein paar Zeilen zu schreiben. So recht fand sie aber noch nicht die geeigneten Worte. Sie fuhr sich durch die blonden Haare und trommelte dann mit den Fingern ihren Undercut entlang, wie sie es immer tat, wenn sie nachdachte. Die dampfende Tasse Kaffee, in weißer Keramik mit Floralmotiv gereicht, die vor ihr auf dem fast schwarzen Massivholz stand, hatte bisher auch keine Erleuchtung gebracht.

Als das Smartphone daneben aufleuchtete, griff sie danach und hatte den Anruf angenommen, bevor es eine Chance hatte, zu vibrieren.

»Sperber«, meldete sie sich mit Nachnamen.

»Anna«, antwortete ihre Gesprächspartnerin. »Ich hab deine SMS bekommen.«

»Ja, sorry«, erklärte Anna sich. »Ich wollte gestern Abend nicht mehr anrufen, und Wifi ist ein rares Gut.«

»Was gibt es denn?«, fragte die Anruferin weiter. Johanna Meyer war nun seit einem Jahr ihre Chefredakteurin, betreute den Kulturteil eines lokalen Radiosenders. Das Aufregendste, was bisher mal nicht nach Plan verlaufen war, war ein Bericht über einen Kaninchen-Wettbewerb gewesen, bei dem sich in der Nacht vor der Auszeichnung ein Fuchs den Favoriten geholt hatte. Diesmal war es ernster.

»Es hat hier gestern Nacht einen Brand im Ort gegeben«, setzte sie an. »Es hat das Pfarrhaus getroffen, und vermutlich seine Bewohner. Der Pfarrer und seine Haushälterin, sagt man. Ich hab keine Ahnung, ob die hier mit ihrem Osterbrauch weitermachen.«

»Da würde ich mir an deiner Stelle keine Gedanken machen.«

»Johanna, der Pfarrer, der das alles veranstaltet, ist tot.« Sie merkte, dass sie lauter geworden war, und obwohl nicht mal hinter dem Tresen jemand zu sehen war, senkte sie ihre Stimme. »Er ist noch dazu verbrannt. Meinst du wirklich, hier im Dorf hat morgen Nacht jemand Ambitionen, brennende Strohräder über die Klippe zu schicken?«

»Zum einen, Anna, ja, ich denke, dass sie das tun werden. Die Leute dort nehmen das Brauchtum ernst und wenn es überhaupt etwas ändert, würde ich vermuten, dass sie es ›jetzt erst Recht‹ durchziehen werden.« Sie räusperte sich. »Aber das meinte ich gar nicht.«

»Was denn?«

»Anna, aus deiner Folklore-Reportage ist gerade eine *Story* geworden.«

»Aber es ist doch gar nicht unser Ressort«, antwortete sie halbherzig, obwohl sich in ihrem Kopf bereits Räder in Bewegung setzten.

»Richtig, Anna, aber wenn du dich umschaust, siehst du dann jemanden, der näher an der Sache dran ist? Ich meine, du bist schließlich schon vor Ort. Denk nicht an Nachrichten, das kommt und geht. Aber stell dir eine *True-Crime*-Reportage vor, ungefilterte O-Töne, die Reporterin von der ersten Stunde an dabei. Teil der Ereignisse.«

In diesem Moment flog die Türe der Kneipe auf und eine riesenhafte Gestalt trat ein. Es dauerte einen Moment, bis Anne begriff, was sie sah, als der schwarze Schemen, umhüllt vom kalten, weißen Licht des frühen Morgens, in den Raum trat. Erst als die Türe mit einem lauten Schlag hinter ihm wieder zufiel und er vollständig durch die dicken Vorhänge getreten war, die seitlich davon ein wenig halfen, die Kälte draußen zu halten, erkannte sie es. Der Mann war von der Feuerwehr, trug noch die schwere Schutzkleidung, hatte sogar den Helm noch auf.

»Else!«, rief er in den Küchenbereich. Seine Stimme klang fast hysterisch, und es dauerte nur einen Augenblick, bis die ältere Wirtin erschien.

»Else«, sagte der Feuerwehrmann, nun gefasster, »gib mir'n Schnaps. Egal was für einen. Mach'n Doppelten.«

Die Bedienung tat wie geheißen, die beiden wechselten noch ein paar leise Worte und dann ließ sie den Feuerwehrmann allein.

»Ich ruf wieder an«, flüsterte Anna noch ins Handy, steckte es dann weg, klappte den Laptop zu und schälte sich aus ihrer Ecke. Sie strich den gestreiften Wollpulli glatt, schob die Haare noch mal aus ihrem Gesicht und trat dann an den Tresen.

Es hatte nach Winter gerochen, als die Türe aufgegangen war, doch hier, neben dem Mann, roch es nur nach Rauch. Nach kaltem, unangenehmen Rauch. Sie lehnte sich an den Tresen, dann blickte sie in das Gesicht neben ihrem. Es war ein jüngerer Mann, höchstens Mitte 30 und damit grob in ihrem Alter. Sein Schnurrbart ließ ihn älter wirken, aber noch mehr zeichneten ihn der Schrecken in seinen Augen und die mahlenden Kiefer.

»Hey«, eröffnete sie so unaufdringlich sie konnte. Er blickte sie an, schien sie erst gar nicht richtig zu sehen, brachte dann nur ein Nicken hervor.

»Was ist denn passiert?«, fragte Anna weiter. Sie konnte sehen, wie es in ihm arbeitete, wie er abwog, was er tun sollte, aber auch, wie es raus musste. Sie legte den Kopf ein wenig schief und brummte noch einmal aufmunternd – und es brach regelrecht aus ihm hervor.

3

Anton musste die Worte einen Moment sacken lassen. Zu unvorstellbar war in ihrer kleinen Gemeinde, was Erich ihm da berichtet hatte. Er blinzelte sich in die Wirklichkeit zurück, schluckte und blickte den Polizisten ernst an.

»Und du bist dir absolut sicher?«

»Ja. Ja, leider.« Der bärtige Mann wirkte verloren und hilflos, wie er dort auf dem für seine Leibesfülle viel zu kleinen Schemel saß und seine Mütze mit beiden Händen knetete. Er blickte angestrengt aus dem Fenster. Entweder er suchte nach den richtigen Worten, oder wünschte, er wäre schon wieder draußen in der Kälte. Anton beugte sich zu ihm vor.

»Fang noch mal vorne an.«

»Also«, tat er wie gebeten, »wir sind gestern vom Fackelumzug hochgekommen und da brannte das Pfarrhaus schon. Wir haben sofort versucht zu löschen, erst mit Eimern, dann mit einer kleinen Pumpe. Aber das war zwecklos. Das Feuer schien nicht mal zur Kenntnis zu nehmen, was wir an Wasser aufbringen konnten. Als dann der Leiterwagen endlich da war, brannte schon das ganze Haus so lichterloh, dass die Feuerwehr meinte, das sei aussichtslos.«

»Also haben die nichts getan?«, fragte Anton, doch Erich schüttelte den Kopf.

»Rein konnten sie nicht. Haben sie versucht, aber es war wohl zu heiß, selbst mit der Schutzkleidung. Aber die haben die ganze Nacht gearbeitet, damit das Feuer nicht übergreift. Das haben sie auch geschafft. Einige der Nachbarhäuser sind schwarz vor Ruß und Asche, aber Feuer gefangen hat keins von denen.«

Anton nickte. Rein rational war ihm klar, dass das gut und wichtig war. Manches kleine Dorf war früher das Opfer eines einzigen Wohnungsbrandes geworden. Dennoch konnte er noch nicht glauben, dass Pastor Wollseifer tot sein solle. Vor allem, wenn es stimmt, was Erich sagte.

»Heute früh dann, da sind die Feuerwehrleute ins Haus. War noch dunkel, so früh war es, aber es war endlich kalt genug darin, damit das ging. Henning war der erste, der ging.«

Wieder nickte Anton. Henning Wallenberg war jung, vielleicht in seinem Alter, aber auch mutig. Kein Draufgänger, manchmal dennoch etwas zu mutig, erzählte man sich, aber in Situationen wie dieser brauchte man wohl auch solche Leute.

»Er war 'ne Weile drin. Ist viel rumgelaufen«, erklärte Erich. »Konnten wir sehen, weil seine Taschenlampe nach draußen schien. Dann hat er geschrien, einige andere Feuerwehrleute sind hinterher. Und dann kamen sie raus und haben's berichtet. Der Herr Pastor sei tot, sagten sie. Verbrannt, aber nicht bis zur Unkenntlichkeit. Deshalb konnten sie auch berichten, dass man ihm die Kehle durchgeschnitten habe.«

»Kann das irgendwie beim Brand passiert sein?«

»Ein glatter Schnitt, Herr Bürgermeister. Schnurgerade durch die Kehle, sagt Henning. Ist natürlich noch nicht untersucht worden, aber wenn er das sagt, wird's schon irgendwie wahr sein.«

Anton rieb sich mit den Händen durchs Gesicht, legte den Kopf in den Nacken und seufzte tief. Die wohligen Erinnerungen an seinen Urlaub schienen begraben unter einer unerträglichen, neuen Last. Ein Mord? In Eschenfeld? Brandstiftung?

Wäre das Pfarrhaus in Brand geraten, weil der Pfarrer mit einem Kandelaber gestolpert wäre, käme das einer Tragödie gleich, die das Dorf über Jahre zeichnen würde. Ein Mord aber? Anton glaubte nicht, dass irgendjemand in ihrer kleinen Gemeinde bereit wäre, so etwas zu verkraften.

»Ich will es sehen«, sagte er schließlich.

Der Polizist blickte ihn verdattert an. »Den Brand?«

»Alles«, sagte Anton, während er sich seine Jacke griff und einen prüfenden Blick auf den Ofen warf. »Ich will alles sehen.«

4

Verkohlte Stümpfe ragten in den wolkenfreien Himmel empor und ließen nur noch erahnen, wie die Front des Hauses einmal ausgesehen hatte. Die Morgensonne hätte idyllisch wirken sollen, doch erschien sie fahl beim Anblick der Ruine des Pfarrhauses.

Das Feuer schien vor allem vorne gewütet zu haben. Hinten konnte Anna erkennen, dass mehr von den Räumen übrig war als verkohlte Schlacke, aber dorthin gab es momentan kein Durchkommen. Noch immer sicherten Polizei und Feuerwehr das Gebäude ab, und der einzige Ordnungshüter, mit dem sie hier nun Kontakt gehabt hatte, saß in diesem Augenblick im *Anatolia* und ertränkte seinen Kummer.

Anna ließ den Blick einmal weiterschweifen. Von hier hatte man eine gute Sicht auf weite Teile des Tals, an dessen Flanke Eschenfeld lag. Die Ausläufer des Ortes erstreckten sich in alle nur denkbaren Klüfte. Wo immer die Menschen hier die Chance gesehen hatten, ein Haus in die Landschaft zu treiben, schienen sie es zumindest versucht zu haben. Überall hielt sich noch der Nebel zwischen den Bäumen.

Ein ganzes Stück weiter, einige Mulden und ein weites Waldstück entfernt, ragte ein eigentümliches Gebäude auf. Es sah ein bisschen aus wie eine Wohnbaracke, oder ein Bürogebäude, jedoch irgendwie finster. Als ducke es sich in Wald hinein. Sie kam jedoch nicht dazu, weiter zu fragen, was sie dort sah. Ein Polizist trat von der Ruine fort und kam auf sie zu. Er war kräftig gebaut, bärtig, bewegte sich schwerfällig, aber bemühte sich zumindest um ein Lächeln.

»Guten Morgen«, grüßte er. »Kann ich Ihnen helfen?«

»Guten Morgen«, erwiderte sie und reichte ihm die Hand. »Anna Sperber. Ich bin freie Journalistin und wollte eigentlich über Ihren Osterbrauch berichten.«

Der Polizist nickte betroffen.

»Hab mir gleich gedacht, Sie sehen nicht aus wie eine von hier. Nichts für ungut.«

Sie blickte ihn neugierig an, schluckte einen Kommentar jedoch herunter.

»Können Sie mir sagen, was hier vorgefallen ist?«

»Ich fürchte nicht.«

»Ach kommen Sie«, setzte sie nach, doch der Polizist schüttelte den Kopf.

»Daran liegt es nicht. Keiner weiß bisher, was hier vorgefallen ist. Und ich? Ich kann da nicht einfach spekulieren.«

Sie nickte, begann, sich weiter umzusehen, ob ihr noch etwas ins Auge fiele.

»Sie könnten aber mal mit dem Bürgermeister reden, wenn Sie denn wollen«, fuhr er fort.

»Den kannste doch vergessen«, knurrte ein weiterer Polizist und trat langsam zu dem Gespräch hinzu. Er wirkte wie die Kehrseite ihres Gesprächspartners, fit und muskulös.

»Er ist in Ordnung«, wehrte sich der beleibte Polizist kraftlos.

»Der soll mal nicht dauernd vergessen«, grollte der andere und betonte jedes Wort dadurch, dass er mit seinem Finger vorstieß, »dass den hier keiner gewählt hat. Die Leute haben *gegen* den anderen gestimmt, nicht für ihn.« Zwei andere Helfer an der Brandruine murrten zustimmend. An Anna gewandt folgte noch ein knappes »Guten Morgen« und der zornige Polizist setzte seine Runde fort.

»Der Bürgermeister ist in der Kirche«, erklärte der andere milde. »Ins Pfarrhaus konnten wir noch nicht, solange die Feuerwehr dort am Werk ist. Wenn Sie wollen, versuchen Sie ihr Glück.«

Anna bedankte sich und nahm sofort Kurs auf die Kirche. Das wurde ja immer besser. Normalerweise musste sich die Presse in solchen Situationen verbiegen, um überhaupt eine offizielle Stellungnahme zu bekommen. Hier bekam sie erst diese Darbietung und konnte nun noch mit dem offenbar umstrittenen Bürgermeister reden. Ein kurzer Blick in ihre Jackentasche zeigte ihr, dass das Aufnahmegerät lief. Gut. Sie würde sich da später um Freigaben kümmern müssen.

Die Chance war zu gut, um sie vergehen zu lassen. Dennoch hielt sie zumindest einen Moment inne, um das Gebäude zu begutachten. Die Kirche von Eschenfeld war kein gotischer Bau wie manche Eifler Schlosskirche, aber sie war definitiv größer als eine übliche Kapelle und schien gleich eine ganze Reihe großer, alter Buntglasfenster zu besitzen. Anna beschloss jedoch, sie sich lieber von innen anzusehen, trat zum Eingang, zog das schwere Eichenportal auf und betrat die Kirche.

Es war in der Tat ein imposanter Bau. Säulen trugen die hohe Decke, die ihrerseits mit kunstvollen Mustern verziert war. Die Bänke wiesen in zwei Reihen den Weg zu einem kleinen, erhöhten Altar, neben dem auch, wie früher üblich, eine Kanzel über der Gemeinde aufragte. Der Boden war in steinernen, grauen Fliesen gehalten, aber allem haftete dennoch ein wenig Farbe an durch das Licht, das gebrochen durch die Fenster in den Raum fiel. Nun aber blieb Annas Blick an der einzigen Person hängen, die sich neben ihr in der Kirche aufhielt.

Der schmale Mann saß vorne, in einer der ersten Bänke, und blickte tief in Gedanken dem Altar entgegen. Obwohl die Schritte ihrer schweren Schuhe laut in der Kirche widerhallten, blickte er erst zu ihr auf, als sie ihn schon fast erreicht hatte.

Er war jung, keineswegs das, was sie bei einem Bürgermeister erwartet hatte. Sein dreitagebärtiges Gesicht legte sich zunächst in Falten, als er sie sah, wurde dann jedoch von einem leichten Lächeln eingenommen. War sein junges Alter der Grund für die Ablehnung, die sie draußen bei den Helfern gesehen hatte? Wortlos rückte er ein Stück weiter in die Bank hinein und erlaubte ihr so, sich zu ihm zu setzen.

Stumm schauten sie nun beide einen Moment zu dem Altar, bevor er es war, der das Schweigen brach.

»Ich nehme an, Sie sind von der Presse?«

Anna war erstaunt.

»Ja«, gab sie zu. »Ja. Woher wissen Sie das?«

»Sie sind nicht von hier«, murmelte er lächelnd. »So viele Varianten gibt es da nicht, und wie von der Kripo wirken Sie nicht auf mich. Wie haben Sie so schnell Wind von der Sache bekommen?«

»Oh, eigentlich war ich im Ort, um über die Osterfeuer zu berichten. Wäre es in Ordnung, wenn ich dieses Gespräch aufzeichne? Ich arbeite eigentlich an einer Radio-Dokumentation.«

»Wenn Sie möchten. Und Sie wittern nun eine Story?«

»Alles andere wäre gelogen«, gab sie zögerlich zu. »Aber stimmt es, was man sagt? Der Pfarrer wurde ermordet?«

Nun war er es, der erstaunt war.

»Das wissen Sie schon?«

»Ich bin gut.«

»Offensichtlich.«

Wieder verfielen sie beide ins Schweigen. Anna fürchtete schon, dass sie zu forsch aufgetreten sei, dass sie ihn verschreckt habe. Dann aber hielt er ihr die rechte Hand entgegen.

»Anton.«

»Anna.« Sie blickte sich erneut um. »Hast du gebetet, Anton?«

»Nein, ich bin nicht sonderlich gläubig. Aber ich habe mich hier umgesehen. Pastor Wollseifer war so oft hier, hat diese Kirche vielleicht öfter gesehen als irgendeinen anderen Ort außerhalb seiner Wohnung. Ich habe mich gefragt, was ihn beschäftigt haben könnte. Was ihn inspiriert haben könnte, hier.«

Erneut wanderte ihr Blick zu den Buntglasfenstern. Sieben waren es an der Zahl. Links von ihr erkannte sie Jesus, unverkennbar mit dem Kreuz auf seinen Schultern. Doch schon das Fenster daneben war ihr unklar. Ein Altar und ein Thron, von einem Mittelsteg getrennt. War das vielleicht der heilige Stuhl? Und das Bildnis daneben? Eine Person, wohl wieder Jesus, vor dem sich ein Liegender gerade aufbäumte, der scheinbar nur mit einem Lendenschurz bekleidet war. Anton bemerkte ihren fragenden Blick.

»Vielleicht Lazarus?«, riet er. »Jesus, der den Toten gerade wiederbelebt?«

»Das könnte sein«, stimmte sie zu.

Das Fenster über dem Altar zeigte in jedem Fall den Heiland am Kreuz. Die Fenster rechts sagten ihr noch weniger. Das erste zeigte ein Kreuz, aber verziert, mit geschwungenen Haken am Ende der Balken. Das Fenster daneben dann schien eines der Osterräder zu zeigen, mit wild züngelnden Flammen. Und das letzte Fenster zeigte einen Bischof, so viel erkannte sie.

Alles in allem ein recht wilder Mix.

»Lass uns wieder an die Luft gehen«, riss Anton sie aus ihren Gedanken. Welchen Gedanken auch immer er nachgegangen hatte, er schien zu einem Ergebnis gekommen zu sein. Sie nickte, schluckte ihre Neugierde herunter und gemeinsam verließen sie die Kirche.

»Ich möchte herausfinden, was vorgefallen ist«, erklärte Anton, als sie auf den Vorplatz traten.

»Glaubst du nicht, dass das eine Aufgabe für die Polizei ist?«, fragte Anna.

»Ich bin Bürgermeister dieser Stadt«, bekräftigte er. »Ich trage Verantwortung. Ich kann nichts für das, was passiert ist. Aber ich kann nun auch nicht guten Gewissens heimgehen und Däumchen drehen.«

Anna fehlten alle möglichen Details, aber in einer Sache war sie sich sicher: Das war nie im Leben die ganze Wahrheit, die er ihr da serviert hatte. Unwillkürlich stahl sich ein Lächeln in ihr Gesicht.

»Dann lass mich helfen.«

»Ich kenne dich nicht, ich weiß ja nicht mal, für welchen Sender du berichtest.«

»Aber du brauchst jemanden, der von außerhalb kommt.«

»Was meinst du?«

»Du kennst hier jeden, du bist hier aufgewachsen, was ein Vorteil sein kann, aber auch ein Fluch.«

Anton runzelte die Stirn. Sie fuhr fort: »Du kennst hier jeden Menschen. Manche kennst du aus der Schule, manche der Älteren waren Freunde deiner Eltern, richtig? Einige sind vermutlich entfernte Verwandte. Aber wenn das alles stimmt, dann ist einer von ihnen ein Mörder. Und du weißt nicht, ob du ihn erkennen würdest, selbst wenn klare Beweise direkt vor dir liegen würden. Du brauchst ein frisches Paar Augen.«

Zu ihrer Überraschung lächelte Anton. »Und du kriegst eine Story.«

»Die habe ich doch sowieso. Aber wir können beide nur gewinnen, wenn wir einander helfen.«

Er überlegte einen Moment, suchte nach einem Haken, einer Falle, die sie ihm da stellte. Aber sie blickte ihn aufrichtig an. Vermutlich würde er in ein, zwei Stunden beginnen sich zu fragen, ob das wirklich eine gute Idee war. Es war offenkundig, dass er, wenn er nicht unter Schock stand, dann doch ziemlich erschüttert war. Aber Anna ließ Chancen ungern ungenutzt.

Schließlich ergriff er ihre Hand und schüttelte sie kräftig.
»Abgemacht.«

5

Anton hoffte, dass es eine gute Entscheidung war. Es stimmte, was er gesagt hatte – er wusste nichts, aber auch gar nichts über Anna, von ihrem Vornamen einmal abgesehen. Aber wenn er hier etwas bewegen wollte, dann brauchte er Unterstützung, jemanden von außerhalb – das war die Wahrheit.

Er hatte keinen wirklichen Plan, nachdem sie sich getrennt hatten, um sich ein wenig im Ort umzuhören. Mehr um seine Gedanken zu ordnen führten ihn seine Füße aus dem Ortskern heraus, den Weg hinab und zur einzigen Bushaltestelle von Eschenfeld. Schon bevor er sie sah, hörte er aber eine der Geißeln seines Berufs.

Das laute Knattern der Mofas hallte den Berg hinauf, und auch wenn es derzeit nur zwei waren, so war die Jugend des Ortes offenbar weiterhin berechenbar. Nun, dieser Teil der Jugend. Die meisten Kinder im Ort waren freundlich, sichtlich geprägt vom ruhigen Leben in Eschenfeld und bestenfalls zu all dem Unsinn aufgelegt, den man halt im Laufe seiner Jugend ganz für sich entdecken musste. Diese Bande hier war etwas anderes. Sie standen an dem kleinen Häuschen, einer an seinem Mofa, und ließen gemeinsam den Motor heulen. Mehr taten sie selten, manchmal fuhren sie den Berg noch hinauf oder herab, oder spielten Musik mit einem Handy.

Anton musterte sie. Er hatte nicht viel Sympathie für sie übrig. Der eine kahl geschoren, der andere mit Seitenscheitel, beide in Bomberjacken. Sie waren das klischeehafte Abbild eines provinziellen Neonazis – und Anton kam ein Gedanke, der eisig seinen Rücken hinaufkroch. Wenn jemand in das Schema passte, Brände zu legen, dann diese Jungs. Wenige hatten dabei je Streit mit dem Pfarrer gesucht. Vermutlich war man im Ort doch zu katholisch dafür. Diese hier mochten die Ausnahme sein.

Jeder aus der Clique hatte schon irgendwas halbwegs Ernstes ausgefressen. Der Brand im Pfarrhaus wäre eine neue Stufe, der Mord ohnehin. Aber eingeworfene Scheiben, Diebstahl, Beschädigung eines Denkmals in der Stadt – manchmal fragte sich Anton, was bei dieser Bande schief gelaufen war. Und warum im Ort eigentlich bisher jeder am Ende noch mal ein Auge zugedrückt hatte.

Kurz überlegte er, ob er kehrt machen sollte. Er wusste, dass die Bande Konfrontation liebte – und er war eine dankbare Zielscheibe. Aber, schalt er sich, er war auch der Bürgermeister und zumindest solange er das Amt innehatte, würde kein Vertreter der Stadt die Konfrontation mit solchen Unruhestiftern scheuen.

Der rasierte Kerl auf dem Mofa sah ihn zuerst, schlug dann aber seinem Kameraden auf den Arm und deutete in Antons Richtung. Während der eine sein Mofa noch was lauter jaulen ließ und graublaue Schwaden über die Straße waberten, löste sich der andere von dem Bushäuschen und baute sich auf dem Bordstein auf.

»Was will'n der Bonze hier?«, krakeelte der Typ auf dem Mofa.

»Vielleicht will er'n Bus nehmen«, entgegnete der mit Scheitel.

»Was, der? Der fährt doch seinen feinen, korrupten Regime-Arsch nicht mit dem Bus durch die Gegend.«

»So'n links-grün versiffter Penner wie der? Vielleicht der Umwelt zuliebe?«

Anton war mittlerweile heran und versuchte, einfach ruhigen Schrittes an der Bande vorbeizugehen. Der gescheitelte Bursche trat allerdings plötzlich einen Schritt vor, sodass er keine Handbreit vor Anton aufragte.

»Also, Bürgermeister, was willste?«, murrte er und schubste ihn mit Zeige- und Mittelfinger gegen die Schulter.

Anton fragte sich, wie alt die beiden waren. Nicht volljährig, da war er sicher. Sechzehn vielleicht? Siebzehn?

Und was sollte er jetzt sagen? Dass er gerade planlos durch den Ort wanderte und nur vorbei wollte? Na, das würde einen guten Eindruck machen, da war er sich sicher.

»Ich will nur reden«, sagte er schließlich.

»Reden will er«, äffte der Gescheitelte.

»Uns die Nummer mit der Kirche anhängen, das will er«, blökte der Kerl auf dem Mofa.

»Stimmt das?«, hakte der Bursche vor ihm nach. »Willst' uns die Nummer mit dem Feuer anhängen?« Ein zweites Mal schubste er Anton vor die Brust.

»Ich will euch nichts anhängen«, erklärte er bemüht tonlos. »Ich will nur wissen, ob ihr was mitbekommen habt.«

»Und warum sollten wir was mitbekommen haben?«, giftete ihm sein Gegenüber ins Gesicht. »Denkste, einer von uns, der steckt eh mit allen unter einer Decke, was?«

»Weil der sein Land nicht liebt wie wir, und weil er uns aus dem Weg räumen will«, tönte es vom Mofa.

»Will sich hier wichtig machen, weil er der Bürgermeister ist.«

»Ein Scheiß ist der!«

Anton machte einen Schritt zurück, um Ruhe bedacht. Aber auch, um besser reagieren zu können, wenn das hier schiefging.

»Ich weiß, was du für einer bist«, raunte der Kerl vor ihm. Er stank nach Bier. »Mein Dad ist mit dem hier zur Schule gegangen, weißte? Hat den auf dem Schulhof immer verdroschen. ›Den Dahling‹, sagt er immer, ›den hab ich immer gern vertrimmt. Der hat geweint wie'n Mädchen!«

Plötzlich schnappte in der Hand seines Gegenübers eine Klinge auf. Ein altes Fallmesser der Bundeswehr, erkannte Anton. Eine leere Drohung, möglicherweise, aber in der Hand einer nervösen Person war so ein Messer immer eine Gefahr. Anton wollte auch nicht fragen, warum der andere eine Waffe so griffbereit bei sich führte. Ob er das Messer von seinem Vater bekommen hatte?

Die Selbstzufriedenheit war jedenfalls in das jugendliche Gesicht gemeißelt. Ob man mit so einer Klinge einen Kehlschnitt wie den beim Pfarrer setzen konnte? Er würde es nicht darauf ankommen lassen.

Anton war schnell. Während der Geschorene auf dem Mofa noch unartikuliert lachte, hob der andere unbeholfen drohend das Messer. Antons Hand aber schnellte plötzlich vor, ergriff den Arm des anderen und drehte ihn zur Seite. Klappernd fiel das Messer zu Boden. Anton nutzte den Schwung und sein eigenes Gewicht, den Arm weiter zu drehen und zwang seinen Gegner so, der Bewegung folgen. Das dumpfe metallische Dröhnen, als der Kopf des Neonazis gegen das Schild der Haltestelle schlug, ließ auch das Gelächter verstummen.

Anton nutzte die Überraschung seines Gegners weiter, trat ihm die taumelnden Beine weg und folgte ihm herab. Er drehte in der Bewegung den immer noch gegriffenen Arm auf den Rücken und legte sein Knie daneben auf. Der Kerl auf dem Mofa wollte sich erheben, aber Anton zog leicht an dem Arm des anderen und der folgende Schmerzensschrei ließ beide Jugendlichen verharren.

»Mann, das kannste nicht machen!«, stammelte der am Boden Liegende.

»Wir sind minderjährig! Wir zeigen dich an!«, brüllte der andere.

»Macht doch«, forderte Anton, mit mehr Sicherheit in der Stimme, als er wirklich fühlte. »Wird euch jeder glauben. Und macht sich bei euren Kumpels auch sicher gut, wenn ihr erzählt, wie euch der links-grün versiffte Bürgermeister, der weint wie ein Mädchen, an der Bushaltestelle verhauen hat.«

»Is' ja gut, is' ja gut, Mann«, ächzte der Kerl unter ihm. »Was willste wissen?«

Anton ließ nicht los.

»Ist euch gestern Nacht oder in einer der vorigen Nächte was hier im Ort aufgefallen? War's einer aus eurer Bande? Wäre ja nicht das erste Mal, dass ihr mit Feuer spielt.«

»Das war nur'n Mülleimer«, verteidigte sich der Geschorene.

»Wir wissen nichts«, erklang es unter Anton. Er wog es ab. Natürlich konnten die beiden lügen, würden es vermutlich auch, wenn einer aus ihrer Truppe dabei gewesen war. Andererseits hatte er vielleicht schon etwas erreicht, indem er Unruhe in die Sache gebracht hatte.

Er erhob sich langsam und griff im Aufstehen auch nach dem Messer. Er ließ die Klinge zurück in den Griff gleiten und in seiner Tasche verschwinden, noch während er sich von den beiden entfernte.

Sich die Schulter reibend, kam sein Gegenüber wieder auf die Füße. Das war ein kritischer Moment, das wusste Anton – gegen die beiden gleichzeitig hätte er womöglich nicht viel auszurichten und das Überraschungsmoment hatte er nun verspielt. Aber sie warteten. Sie starrten ihn einfach nur nieder, während er zwanzig, dreißig Meter zwischen sie brachte, bevor überhaupt eine Regung erfolgt.

»Du bist Toast!«, brüllte der Gescheiterte dann plötzlich und schwang die Faust in Antons Richtung. »Ich mach dich kalt! Du schläfst besser nicht mehr zu tief! Ich mach dich kalt!«

Noch zehn Meter ging Anton rückwärts und hielt den Blickkontakt. Dann wandte er sich um und ging zurück zum Dorfkern, die Hände betont locker in die Jackentaschen gesteckt, ohne die beiden noch eines Blickes zu würdigen. Es war eine leere Geste, die Taschen genauso Symbol wie Mittel, das Zittern seiner Hände zu verbergen. Aber es wirkte.

Die beiden Neonazis folgten ihm nicht.

6

Anna hatte keinen wirklichen Ansatzpunkt. Sicher, sie hätte in die Kneipe zurückgehen und noch mal mit dem Feuerwehrmann sprechen können, aber andererseits glaubte sie nicht, dass da noch viel zu holen war. Stattdessen beschloss sie, noch ein wenig mehr Gespür für diesen Ort zu bekommen.

Sie war nun schon zwei Tage hier, aber bisher war ihr Fokus so scharf auf den Osterbrauch mit seinen Feuerrädern gerichtet gewesen, dass sie dem großen Ganzen keine Beachtung geschenkt hatte. Zeit, das zu ändern.

Eschenfeld dehnte sich weitläufig aus, bestand mehr aus zahlreichen Kleingruppen von Häusern, die durch ihre bloße Nähe zueinander in einer Art Schicksalsgemeinschaft zu einem Ort geworden waren. Das Stadtbild mischte sich zusammen aus offensichtlich alten Fachwerkhäusern, mit der für die Region typischen niedrigen Bauweise und den kleinen Fenstern, sowie ganz eindeutigen Nachkriegsbauten, die eher dem betonlastigen Baustil der 50er anzulasten waren. Sie spazierte vom Kirchhof wahllos eine Straße den Hang hinauf, drehte sich ab und an um und blickte hinab ins Tal. Dann ging sie eine Weile seitlich und kam zwei, drei Querstraßen später wieder herab. Es war still im Ort, was aber nach der Tragödie vom Vortag kein Wunder war. Zudem ging es langsam auf Mittag, der Geruch guter Hausmannskost zog durch die Gassen und sicher scharten sich in den meisten Häusern nun die Familien um den gemeinsamen Esstisch. Anna legte die Stirn in Falten, verdrängte den Gedanken dann und ging weiter.

Es war noch immer kalt. Kälter als der Vortag, hatte sie das Gefühl. Sie zog eine Jacke aus ihrer Kuriertasche, hüllte sich ein, gurtete das Kleidungsstück eng und setzte ihren Weg fort. Ein Blick die Straße entlang gab erneut die Sicht auf den Kirchplatz frei. Dort hatten nun doch drei Bewohner angefangen, das Osterfeuer zu entfachen, was eigentlich gestern Abend beim Fackelzug entflammt werden sollte. Niemand wirkte engagiert dabei, aber Anna bewunderte die Hingabe, die sie dem Brauch entgegenbrachten. Zumal noch immer wenige Touristen im Ort waren.

Das war einer der Gründe für ihren Artikel gewesen – andere Eifelorte hatten längst begonnen, derartige Bräuche auch touristisch zu erschließen. Eschenfeld hielt den Ball da deutlich flacher.

Diesmal folgte sie einer Straße weiter ins Tal hinab, ging erneut eine Weile seitlich den Rücken entlang und schritt dann zurück auf Höhe der Kirche.

Ein Gebäude, zwei Täler weiter, weckte ihre Aufmerksamkeit. Es war der seltsame, geduckt wirkende Bau, der ihr vorhin schon ins Auge gefallen war. Er schien vor allem aus Beton gefertigt zu sein, eher eine Trutzburg als ein Plattenbau. Anna nahm sich vor, später mal im Internet nachzuschauen, was genau sie da eigentlich sah.

Wie schon während der letzten Tage schienen sich Wolken oder Nebel oberhalb der Ortschaft an den höher gelegenen Hängen zu verfangen, was ein phantastischer Anblick war. Als habe jemand den Hügeln eine Krone aufgesetzt. Der restliche Himmel war blau und ein kalter Wind heulte gelegentlich in Böen um die Häuser. Noch ein Grund, derzeit nicht auf der Straße zu sein.

Umso verwunderlicher war es für Anna, als sie die andere Frau sah. Sie wirkte aufgelöst. Nicht nur, dass der Wind ihr das Haar zerzaust hatte, nicht nur, wie halbherzig sie ihren Mantel angezogen hatte, auch ihr Gesicht wirkte verweint. Unter ihrem Arm hielt sie einen Stapel Blätter, während sie, die Straßen hinauf- und hinabblickend, ebenfalls durch den Ort zu irren schien. Anna steckte beide Hände in die Jackentaschen, zog unwillkürlich die Schultern zum Schutz vor dem Wetter etwas höher und trat der Frau entgegen.

Schon lange, bevor Anna etwas hätte erkennen können, zog die andere Frau ein Blatt von ihrem Stapel und hielt es ihr entgegen. Sie fragte auch etwas, doch die Worte verloren sich zunächst im Wind. Anna schüttelte den Kopf und trat näher.

»Haben Sie meine Tochter gesehen?«, fragte die andere Frau erneut, als sie dann schließlich nah genug beieinander standen. »Lydia. Lydia heißt sie.«

Anna nahm das Blatt entgegen. Der Ausdruck war schwarzweiß, aber dem Grauton nach hatte Lydia entweder blondes oder hellbraunes Haar. Sie war ein schönes Mädchen, dem Bild nach vielleicht 15 oder 16 Jahre alt.

»Seit wann ist sie verschwunden?«, fragte sie zurück.

»Sie ist gestern zum Fackelzug, aber sie ist nicht heimgekommen!«, berichtete die andere Frau mit brechender Stimme.«

»Anna«, stellte sie sich nun erst einmal vor. »Anna Sperber.«

»Greta Mühlenheimer.«

»Ist sie vielleicht nur bei einer Freundin?«, mutmaßte Anna.

»Das hat mich die Polizei auch direkt gefragt.«

»Und, kann es sein?«

Greta schüttelte den Kopf und rang sichtlich um ihre Fassung.

»Nein, nein. Lydia meldet sich immer, sie ruft immer an, wenn es mal später wird. Sie ist ein gutes Mädchen!«

»Und die hiesige Polizei sperrt sich?«

»Oh, Erich ist hilfsbereit und macht sich auch Sorgen. Aber sein Vorgesetzter hat ihm gesagt, er solle noch warten. Lydia käme schon wieder.«

»Haben Sie mit ihm gesprochen?«, fragte Anna nach.

»Nein, der sitzt weit weg in der Stadt, für den sind wir nur ein abgelegener und abgehängter Stadtteil, der mit Erich alle Aufmerksamkeit hat, die er bekommen wird.«

»Haben Sie andere Leute im Ort um Hilfe gebeten?«

»Sicher«, raunte Greta und hielt Anna kraftlos die Flugblätter entgegen. »Aber mit dem Brauch, den hier alle fanatisch pflegen, und natürlich dem Tod vom Herrn Pfarrer, hat gerade jeder was anderes im Sinn. Und viele im Dorf denken sich halt auch, mein kleines Mädchen würde sich gerade nur mal ausleben.«

Anna fuhr sich mit der Hand durch die Haare und blickte ins Tal. »Ist Lydia schon 18?«

»Seit einer Woche. Darum sagt Erich, seien ihm auch die Hände gebunden.« Greta konnte kaum verbergen, wie Tränen in ihre Augen quollen. Sie rang um ihre Fassung, wollte offensichtlich stark sein. »Meine kleine Lydia«, drang es letztlich aus ihr hervor, in ihrer Verzweiflung weiterer Worte beraubt.

Beruhigend legte Anna die Hand auf die Schulter der erbebenden Mutter, glaubte aber nicht, dass sie es überhaupt bemerkte.

»Vielleicht kann ich Ihnen helfen zu suchen? Ich bin Journalistin, ich bin geübt darin, Fragen zu stellen.«

»Oh Gott«, stöhnte die andere Frau und schaffte es, sich wieder etwas zu fassen. »Ich will nicht, dass Lydia zu einer Story verkommt. Das hat sie nicht verdient!«

»Darum geht es mir auch nicht, Frau Mühlenheimer«, betonte Anna. »Ich möchte nur gerne helfen. Vielleicht kann ich ja etwas herausfinden. Ich bin eigentlich für den

Osterbrauch hier, aber das heißt ja nicht, dass ich nicht nebenher was Gutes tun kann.«

Greta überlegte. Anna war sich unsicher, was genau sie da eigentlich gerade tat. Aber auf der einen Seite war das Verschwinden eines Mädchens in der Nacht des Brandes zumindest auffällig, und zum anderen *war* es das Richtige, hier zu helfen. Vielleicht war es auch die mangelnde Hilfsbereitschaft der Polizei, die sie störte. Man hörte das ja immer mal, dass gerade Frauen als hysterisch abgetan wurden. Sich nicht so anstellen sollten. Gerade auf dem Land.

Bisher hatte Anna es nie ganz glauben wollen. Aber vielleicht musste sie das überdenken. Dennoch schien sie sich gerade innerhalb eines Vormittags mehr aufzuhalsen, als sie überblicken konnte. Noch immer waren Gretas geröteten Augen auf sie gerichtet.

»Vermutlich«, setzte Anna nach, »ist ohnehin alles in Ordnung und es ist nur ein Missverständnis.« Auch wenn sie da selbst ihre Zweifel hatte.

»Also gut«, willigte Greta, nach einem erneuten Moment quälender Stille, schließlich ein.

»Hat Lydia einen Lieblingsplatz, ein Versteck oder Orte, an denen sie sich gerne mit ihren Freunden trifft?«, fragte Anna weiter.

Greta nickte.

»Können Sie mir den Weg dorthin weisen?«

7

Der Wagen hätte auch ohne sein ausländisches Kennzeichen für Aufsehen im Ort gesorgt. Der viertürige Limousine, ein Lancia in glänzendem Schwarz, rollte auffällig leise den Berg hinauf. Eine bullige Front, ein sehr trotzig wirkender Kühlergrill, leicht abgestufte Scheinwerfer, verchromte Spiegel mit eingelassenen Blinkern – kurzum, es war kein Fahrzeug, wie es oft durch Eschenfeld fuhr. Tatsächlich konnte sich Anton nicht erinnern, je so einen Wagen hier gesehen zu haben.

Zielstrebig steuerte das Fahrzeug den Vorplatz der Kirche an, dort, wo gerade auch das Feuer endlich aufflammte, an dem sich einige tapfere Bewohner nun schon eine geraume Zeit abgemüht hatten. Der Bürgermeister hatte gerade kein klares Ziel gehabt, aber im Angesicht dieses eigenartigen Besuchs schob er die Hände in die wärmenden Jackentaschen und folgte dem Auto bergauf.

Tatsächlich hielt der Fahrer sein Fahrzeug mitten auf dem Platz an, stieg aus und musterte, ohne auf die neugierigen Blicke zu achten, zunächst einmal die schwarze Ruine, die vom Pfarrhaus geblieben war. Anton seinerseits musterte hingegen den Fahrer.

Er war offenbar ein Südländer, wenn man nach seinem gebräunten Hautton und den schwarzen Haaren gehen konnte. Er schien vielleicht Anfang 50 zu sein, war zweifelsohne gutaussehend und, wie sein sicherlich teurer Anzug nur unzureichend verbarg, sportlich. Irritiert blickte

Anton erneut zum Kennzeichen. ›SCV 00258‹. Als er den Blick wieder erhob, merkte er, dass der Besucher nun ihn anschaute, sodass Anton beschloss, das nicht mehr in die Länge zu ziehen.

»Kann ich Ihnen irgendwie helfen?«, fragte er.

»Oh, vermutlich«, antwortete der andere. Der Akzent klang italienisch, die Stimme war angenehm, wenn auch für Antons Geschmack etwas zu seiden. »Wer sind Sie denn, dass Sie fragen?«

»Anton Dahling«, stellte er sich vor, und ergänzte: »Ich bin der Bürgermeister dieses kleinen Ortes.«

»Ah, sehr erfreut, dann können Sie mir wirklich helfen«, lächelte der andere, trat herüber und reichte Anton die Hand. »*Fra* Lorenzo, zu Ihren Diensten.«

Anton stutzte.

»Sie sind ein Mönch?«

Sein Gegenüber hielt den kräftigen Händedruck noch einen Moment, dann ließ er die Hand los. Anton fiel Lorenzos Ring dabei ins Auge. Ein Siegelring, scheinbar mit einem Kreuz versehen, ganz ähnlich dem auf einem der Fenster der Kirche. Seine Neugierde wuchs.

»Ah, nicht wirklich. Aber ich bin ein Ordensdiener. Nur ein kleines Rädchen in den großen Werken der Heiligen Stadt.«

»Dem Vatikan?«, entfuhr es Anton. Erneut wanderte sein Blick zu dem seltsamen Kennzeichen.

»*Status Civitatis Vaticanae*«, schlüsselte Lorenzo die Buchstaben auf. »Ganz genau. Hat Pfarrer Wollseifer den Brand überlebt?«

»Woher wissen Sie davon?«

»Nun, der Brand ist schwer zu übersehen, nicht wahr?« Widerwillig nickte Anton. »Und wir wären eine lausige Kirche, wenn wir nicht mehr wüssten, welcher Hirte welche Schafe hütet. Nun, also, wie geht es Pfarrer Wollseifer?«

»Er ist tot«, knurrte Anton. Er war fast überrascht, dass Lorenzo ehrlich betroffen wirkte.

»Dann bin ich tatsächlich nicht grundlos hergekommen.«

»Was ein interessanter Punkt ist«, stellte Anton fest. »Was genau machen Sie hier?«

»Der heilige Stuhl war der Meinung, es sei angebracht, mich hierher zu beordern.«

»Zu welchem Zweck?«

»Zu schauen, welchen Zweck ich hier erfüllen könnte.«

Anton schüttelte unwillig den Kopf. Der andere hingegen lächelte noch immer.

»Ich muss zugeben«, fuhr der Bürgermeister nach kurzer Denkpause fort, »dass mir das alles sehr, sehr eigenartig vorkommt.«

»Oh, das glaube ich Ihnen, *Signor* Dahling.«

Frustriert presste Anton die Kiefer aufeinander und sah sich um. Der halbe Ort schien ihnen zuzuschauen. Das half ihm nun auch nicht.

»Wo waren Sie denn gestern?«, ging er blindlings in die Offensive. »Abends, so gegen 22 Uhr vielleicht?«

Lorenzo lachte kurz auf.

»Oh, zu dem Zeitpunkt war ich noch im Vatikan. Ich kann auch Zeugen benennen, wenn Sie das wünschen. Auch wenn ich mir unsicher bin, ob Sie diese damit behelligen wollen.«

Anton funkelte ihn an.

»Aber schauen Sie«, fuhr der Italiener fort. »Ich bin nicht angereist, um Ihnen das Leben schwer zu machen. Im Gegenteil, ich möchte Ihnen helfen. Sie werden doch ohnehin einen Pfarrer brauchen, um Ihre Osterbräuche durchzuführen.«

Anton setzte zu einer Entgegnung an, doch raubte ihm das Erstaunen die Worte. Lorenzo kam ihm zuvor.

»Bevor Sie mich nun fragen, woher ich weiß, dass Sie die Bräuche fortsetzen, *Signor* Dahling – mir ist das kleine Feuer nicht entgangen, das am Rande dieses Hofes schwelt.« Er breitete die Arme aus. »Ich würde Sie einfach bitten, mir den Weg zum nächsten Hotel zu weisen, denn im Pfarrhaus kann ich ja nun nicht mehr unterkommen. Aber im Anschluss, nachdem ich eingecheckt habe, vielleicht können Sie mir dann helfen, dass ich einen Blick ins Pfarrhaus werfen kann? In die Ruine? Kommen Sie, wir haben gleiche Interessen!«

Missmutig betrachtete Anton den seltsamen Besucher. Nach Anna war das jetzt schon der zweite Ortsfremde an einem Tag, der ihm eine Zusammenarbeit vorschlagen wollte, weil sie scheinbar gemeinsame Interessen hätten? Kamen da noch mehr? Aber zumindest ein gemeinsames Interesse besaßen sie wirklich – auch Anton hatte gehofft, früher oder später einen Fuß in die Ruine setzen zu können.

»Nun gut«, willigte er ein. »Kann ich bei Ihnen mitfahren? Ich zeige ihnen den Weg zum Hotel und danach kehren wir wieder und begehen die Ruine.«

»*Molto bene, Signor* Dahling. *Molto bene.*«

8

Der Weg entlang der Orte, die Lydias Mutter aufgezählt hatte, führte Anna zunehmend die Flanke hinauf. Langsam näherte sie sich den tiefhängenden Wolken, die nach wie vor den Berg umarmten. So dicht unter ihnen konnte man fast den Eindruck gewinnen, es wäre ein nebliger und wolkenverhangener Tag, selbst wenn ein Blick über die Schulter offenbarte, dass der Himmel über dem restlichen Tal blau strahlte.

Die ersten zwei Orte waren Reinfälle gewesen. Weder der alte Spielplatz noch der Parkplatz des örtlichen Supermarktes war überhaupt von jemandem besucht gewesen, geschweige denn von der verschwundenen Lydia. Was blieb, war die verlassene Halle eines alten, bereits lange geschlossenen Sägewerks. Lydias Mutter hatte es als unwahrscheinlichste Wahl beschrieben, aber mit jedem Meter, den sich Anna näherte, war sie mehr davon überzeugt, dass das nicht stimmen musste.

Es war ein abgelegener, im Grunde ungefährlicher, aber auch unheimlicher Ort. Wenn jemand mit dem Auto käme – anders als Anna nun, die den Waldweg genommen hatte und ihrem Handy bei der Frage der Navigation vertraute – wäre er von weither sichtbar. Es war der perfekte Ort für Jugendliche, um all das zu tun, was ihre Eltern nicht mitbekommen sollten. Vielleicht war Lydia nicht das brave Mädchen, das ihre Mutter in ihr sah?

Bereits jetzt war es ein wenig dunstig hier oben, aber noch nicht wirklich nebelig. Trotz der Schwaden war die Luft weiterhin trocken und kalt. Eine kleine Mauer umrahmte den Vorhof, dahinter ragte eine rostige, alte Werkhalle auf. Das Tor hing schief in den Angeln und war einen Spalt weit geöffnet – zweifelsohne das Werk irgendeiner vorigen Jugendgeneration. Die Fenster waren hoch und fast ausnahmslos eingeworfen, einige Bierflaschen und Cola-Dosen konnte sie schon aus der Ferne ausmachen. Interessant war der Mangel an Graffiti – sie war hier wohl wirklich auf dem Land.

Viel interessanter aber war die einsame Gestalt, der Statur nach ein junger Mann, der unruhig vor dem Gebäude auf- und abging. Ein blauer Kapuzenpullover, eine abgewetzte Jeans, mehr war zunächst nicht zu sehen. Er zog sichtlich nervös an einer Zigarette und blickte immer wieder auf sein Handy.

Anna näherte sich der Halle langsam, aber offenbar nicht vorsichtig genug. Einer ihrer Schritte auf dem Kies des Weges war wohl zu laut. Der Kopf des jungen Mannes – auch höchstens 18, schloss Anna, jetzt, wo sie sein Gesicht sah – ruckte hoch, dann setzte er sich scheinbar wie zufällig in Bewegung. Das Handy verschwand in der Tasche am Bauch, die Kippe flog in den Busch. Anna beschleunigte nun ihre Schritte, doch er tat es ihr gleich.

Als sie noch schneller wurde, rannte er schon fast. Sie stütze sich mit einer Hand auf der Mauer ab und setzte dann in einem Schwung mit beiden Beinen über, doch der Junge hatte schon fast den Waldrand erreicht.

»Hey«, rief sie, »nun warte doch mal.«

Zu ihrer Überraschung blieb er stehen und drehte sich zu ihr um. Fragend musterte er sie, das Gesicht noch immer weit unter der Kapuze verborgen.

»Sie sind nicht von hier«, stellte er fest.

»Ja«, nickte sie. »Das höre ich heute dauernd. Nun wart' doch mal.«

»Was wollen Sie?«

»Ich suche ein Mädchen hier aus dem Ort. Lydia Mühlenheimer.«

»Wieso?« Misstrauen lag in seiner Stimme.

»Ihre Mutter vermisst sie schon.«

»Ja, aber was haben Sie damit zu tun?«

»Mein Name ist Anna. Ich bin Reporterin, ich hab ihrer Mutter versprochen, nach der Tochter zu suchen.«

Zögerlich trat er einen Schritt näher.

»Meinen Namen kennst du jetzt. Sagst du mir deinen?«

»Chris«, sagte er, und zog in einem die Kapuze vom Kopf. Ein dünner junger Mann mit wirren, braunen Haaren. Und im Gesicht eine ähnliche Verzweiflung wie Anna sie bei Lydias Mutter gesehen hatte.

»Wie stehst du zu Lydia?«, fragte sie, doch Chris schwieg.

»Bist du ihr Freund?«, versuchte sie es weiter, doch noch immer schwieg er. Anna blickte demonstrativ über den Hof, zu den Bierflaschen, den ausgetretenen Kippen.

»Oder bist du ihr Dealer?«

»Nein!«, entfuhr es ihm.

»Also?«

»Gut, ja, ich bin ihr Freund. Was geht Sie das an?«

»Was mich das angeht? Chris, deine Freundin ist verschwunden.« Anna fuhr sich durch die Haare und kämmte sie dann wieder mit den Fingern zurück über die rasierten Schläfen. »Oder zumindest glaubt ihre Mutter das.«

Chris schwieg weiter.

»Hattet ihr Streit?«

»Wir, nein … kein Streit.«

»Sondern?«

Er kam noch einige Schritte näher, sodass sie nun nicht mehr über den halben Hof riefen.

»*Fuck!* Wir waren gestern beim Fackelzug. Aber wir haben uns schnell abgesetzt. Achtet ja da eh kaum einer auf den anderen im Dunkeln. Dachten, den Marsch, den stecken wir uns, und wir mogeln uns dann einfach beim Feuer auf dem Dorfplatz wieder dazu.«

»Wo seid ihr hin?«

»Nach hier. Wir, ich – Scheiße. Also, ich wollte, na ja, ich wollte gestern … was mehr. Also, mehr als wir bisher haben. Verstehen Sie?«

»Bist du übergriffig geworden?«, fragte Anna, sich plötzlich doch bewusst, dass sie hier alleine im Wald standen. Wenn sie denn allein waren. Immer wieder glaubte sie, im Augenwinkel Schemen zu sehen, doch wann immer sie schaute, musste sie erkennen, dass es nur die ersten Nebelschwaden waren. In dem trüben Licht hier oben wirkte alles zudem blasser, die Farben wirkten dumpfer. Ein Blick ins Tal erinnerte sie an das eigentliche Idyll der Region, doch vertrieb es das Gefühl nicht vollends.

»Nein«, antwortete Chris, und er wirkte beschämt, jedoch ehrlich. »Hab's nur angesprochen. Vielleicht nicht zum ersten Mal.«

Anna nickte. »Und weiter?«

»Lydia ist ausgerastet, hat mich angeschrien, hat mir Sachen an den Kopf geworfen, die … also, die weh getan haben. Und dann ist sie aufgesprungen und in den Wald gerannt. Ich hab hier auf sie gewartet, keine Ahnung wie lang. Sicher 'ne Stunde. Irgendwann hab ich dann das Feuer im Ort gesehen und hab erkannt, dass da was nicht stimmt. Die Sirene hört man hier oben kaum. Als Lydia immer noch nicht kam, hab ich mich dann wieder ins Dorf gemacht, wollte wissen, was da los ist.«

»Wie lange brauchst du von hier ins Dorf, wenn du den direktesten Weg gehst?«

»Vielleicht eine halbe Stunde? Warum ist das wichtig?«

»Und Lydia ist nicht wiedergekommen?«, überging Anna die Frage.

»Nein, nein, ist sie nicht. Ach *fuck!* Entschuldigung.«

Frustriert blickte Anna in den Nebel über ihnen. Sie bedankte sich bei Chris, gab ihm noch ihre Handynummer und wandte sich dann ab, um den offensichtlicheren Weg zum Dorf noch selbst abzuschreiten. In diesem Moment war es ihr, deutlicher als sie es je bewusst gespürt hatte, als würde sie etwas aus dem Nebel heraus beobachten. Als würde sich etwas, nun, wo sie ihm den Rücken zugewandt hatte, aufrichten, zu irgendetwas bereit machen.

Unsicher dreht sie sich noch mal im Gehen um, doch wie erwartet war dort nichts zu erkennen. Im Tal aber sah sie, dass es langsam dämmerte. Nicht mehr lange, und die Sonne würde hinter den Hügel tauchen und früher als im Flachland würde die Nacht über Eschenfeld hereinbrechen.

»Es tut mir Leid, wissen Sie?«, rief Chris ihr nach. »Ich würd's ihr gerne selbst sagen, aber ich hab Angst, dass ich das vielleicht niemals mehr tun kann.«

Anna schenkte ihm ein kurzes, hoffentlich aufmunternd erscheinendes Lächeln.

»Das wirst du schon können«, sagte sie. »Es wird sich alles klären.«

9

Es war inzwischen dunkel geworden. Anton hatte im Foyer gewartet, während *Fra* Lorenzo sein Zimmer bezogen hatte. Die gesamte Zeit hatte der Geistliche ein ausgesprochenes Maß an Höflichkeit demonstriert, ohne jedoch mit einem Wort näher auf den Grund seines Besuches einzugehen. Das letzte Stück des Weges nun schwiegen sie, doch Anton merkte, wie die Anspannung des anderen Mannes wuchs, als sie erneut auf den Vorplatz der Kirche fuhren.

Das Brauchtumsfeuer brannte noch immer, kleine gelbe und rote Flammenzungen leckten in den Nachthimmel empor, begleitet von einzelnen Funken, die sich gelegentlich mit einem Knacken in alle Winde verteilten. Im gelben Widerschein des Feuers zeichnete sich die imposante Silhouette Erich Beckers ab. Anton hatte den Dorfpolizisten angerufen und ihr Kommen angekündigt – er würde ihn brauchen, um den Tatort betreten zu dürfen.

Der für seine Leistung scheinbar viel zu leise Wagen verstummte komplett und noch ehe Anton die Schnalle seines Gurtes gefunden hatte, schälte sich Lorenzo bereits aus dem Fahrersitz. Im Licht der Scheinwerfer sah Anton, wie der *Fra* den Polizisten bereits begrüßte, während er selbst zum Klang der Warnsignale, dass das Licht noch eingeschaltet sei, endlich auch aus dem Wagen kam. Zeit, die Initiative zurückzugewinnen, sagte er sich.

»Erich«, grüßte er den Polizisten, »ihr habt euch gerade bekannt gemacht?«

»Das haben wir«, bestätigte Lorenzo, bevor der andere Mann eine Chance hatte zu antworten.

»Ich verstehe, dass Sie da rein möchten, Herr Bürgermeister«, sagte Erich schließlich unsicher. »Aber müssen Sie da heute Abend noch rein? Es ist schon dunkel, bei Tage sehen Sie mehr.«

»Ich möchte keine Zeit vergeuden«, erklärte Lorenzo und nickte Anton zu. »Wir haben Taschenlampen.« Anton nickte und so gingen sie gemeinsam auf die Brandruine zu.

Es hatte sich weiter abgekühlt und ihr Atem stieg in Schwaden auf. Anton rieb sich die Hände und nahm dann eine der Taschenlampen entgegen, die der *Fra* im Auto hatte. Es waren schwere Taschenlampen, so lang wie Antons Unterarm und aus massivem Metall. Was genau machte ein Diener der Kirche damit an anderen Tagen?

Erich durchtrennte das Siegel an der Türe und gemeinsam traten sie ein. Es roch eigenartig. Einerseits erinnerte der Geruch Anton an die Kartoffelfeuer seiner Kindheit hier in der Region, andererseits lag etwas anderes, Beißenderes in der Luft. Brandbeschleuniger? Schwefel? Er war sich nicht sicher, vermutete aber, dass es keinesfalls gesund war.

Anton war nur ein einziges Mal im Pfarrhaus gewesen. Aber selbst wenn er öfter dort eingekehrt wäre, war er sich unsicher, ob er noch zuordnen könnte, was er dort sah. Alles war schwarz, vieles wirkte geradezu glattgeschmolzen, und von der eigentlichen Einrichtung war an vielen Stellen kaum noch etwas zu erahnen. Eine linker Hand in den ersten Stock führende Treppe war zu einer Art Rampe verzogen und Anton hoffte, dass sie nicht hinauf müssten. Er traute der Statik des Gebäudes nicht mehr.

»Das Zentrum des Brandes war wohl hier«, erklärte Erich. »Die Feuerwehr ist sich nicht sicher, warum es hier ausgebrochen ist. Es wird noch untersucht, Spuren deuten auf Brandbeschleuniger hin und die Feuerwehr meint, eigentlich sei der Brand für herkömmliche Mittel zu heiß gewesen.«

Lorenzos Aufmerksamkeit war an etwas haften geblieben und nun kniete der Kirchenmann ab. Neugierig lenkte Anton auch das Licht seiner Taschenlampe dorthin. Eine eigenartige Fläche befand sich in einer Nische rechts der Türe, glänzend, aus glattem Material, aber in seltsam geschwungener Form. Auch Erich trat näher.

»Was haben Sie dort?«, fragte Anton schließlich, während Lorenzo weiter mit behandschuhten Fingern den Spuren im Boden folgte.

»Ich bin mir nicht sicher«, räumte er ein. »Aber ich glaube, dies war ein kleiner Zen-Garten.«

»Aus Glas?«

»Ich denke, er ist geschmolzen«, sinnierte Lorenzo. »In der Hitze des Feuers.«

»Ist das denn möglich?«, fragte Anton, und richtete seinen Blick zu Erich. Der aber zuckte mit den Schultern.

»Die Feuerwehr sagte nur, dass es eigentlich zu heiß geworden sei für ein Benzinfeuer oder etwas in der Art. Mehr haben sie mir nicht erklärt.«

Lorenzo erhob sich. »Sehen wir uns weiter um.«

Die hinteren Teile des Hauses waren weniger in Mitleidenschaft gezogen worden. Alles war mit einer dicken Schicht aus Ruß und Asche bedeckt, ein geradezu schleimiger Film, der jede Berührung damit strafte, nun auch an dem zu haften, der so fahrlässig war. Aber hier herrschte, anders als vorne, keine vollständige Vernichtung vor. Je weiter sie sich von der Türe entfernten, desto mehr war noch zu erkennen. Zuerst nur grobe Möbel-Konturen, im hintersten Teil des Hauses aber sogar noch einzelne Einrichtungsgegenstände.

Sie teilten sich auf. Das alte Haus war verwinkelt, mit Räumen ohne saubere, rechte Winkel und oft schiefen Formen, an denen sich der Bau den nicht immer geraden

Fachwerk-Balken angepasst hatte, anstatt anders herum. Die ungewöhnlich hohen Decken verschlangen das Licht und schienen im Schatten verborgen über ihnen zu lauern. Neugierig inspizierte Anton den Boden. Ein seltsamer, schlammiger Belag bedeckte ihn an einigen Stellen, wo das Feuer nicht alles verzehrt hatte. Eine grauschwarze Masse, fast wie Pech oder Teer. War das ein Verbrennungsprodukt, wie Hochofenschlacke, was bei dem Brand entstanden war? Kam so etwas vor? War es giftig? Der Bürgermeister achtete drauf, nicht hineinzutreten und setzte seinen Weg durch das viel zu stille Pfarrhaus fort.

Plötzlich stockte Anton. Aus einem Nebenraum fiel Licht in den Flur, durch den er gerade ging. Er überlegte die anderen zu rufen, doch ein kleiner Vorsprung vor dem *Fra* konnte vielleicht nicht schaden. Da verlosch das Licht wieder.

Anton fasste die Taschenlampe fester – sie würde im Zweifel auch ein guter Knüppel sein –, und trat näher an die Türöffnung. Das Licht ging wieder an. Anton atmete leise einmal ein und wieder aus, dann fuhr er um die Ecke. Der Raum, in den er blickte, war leer. Es schien nur ein kleiner Lagerraum zu sein. Das Licht aber kam gar nicht von dort, sondern fiel von außen durch ein Fenster. Offenbar verfügte das Nachbarhaus über einen Bewegungsmelder, den irgendetwas ausgelöst hatte und dessen Lampe nun den Raum hier erhellte. Vermutlich eine Katze, dachte sich Anton, das kannte er von daheim. Er entspannte sich und setzte an, seinen Weg fortzusetzen.

»Herr Bürgermeister!«, hörte er den *Fra* rufen. Anton folgte der Stimme und fand schnell den Raum, in dem sich seine beiden Begleiter aufhielten. Es schien das Lesezimmer zu sein, offenbar weitgehend vom Feuer verschont. Der Raum war eiskalt. Er war eher lang als breit und mündete in einem kleinen Erker, der in drei Richtungen Fenster aufwies, die vom Boden bis unter die Decke reichten. Jedoch war in der Hitze des Feuers das Glas offenbar gesprungen und den ganzen Tag war durch die klaffenden Öffnungen die Wärme des Raumes entwichen. Wind rüttelte zudem in Böen an der ganzen, instabil wirkenden Ruine.

Fragend schaute der Bürgermeister zu Lorenzo.

»Ich fand, Sie sollten das auch hören«, erklärte der.

»Hier wurde die Leiche des Pfarrers gefunden«, hob Erich offenbar zum zweiten Mal an. Er leuchtete mit der Taschenlampe auf eine Stelle am Teppich und das Licht offenbarte einen großen, kupferfarbenen Fleck. »Er wurde offenbar an dieser Stelle getötet, ein Kehlschnitt, sagen die Experten. Es muss wohl sehr schnell gegangen sein. Vorhin erhielt ich noch einen Anruf, die Pathologie sagt, es muss eine sehr dünne, sehr scharfe Waffe gewesen sein.«

Das Fallmesser des Neonazis fiel damit raus, dachte Anton. Dessen Klinge war viel zu dick für so einen präzisen Schnitt.

»Ein Skalpell?«, fragte Lorenzo, während er scheinbar beiläufig in einem Buch blätterte, das auf einem kleinen Lesetisch lag.

»Länger«, sagte Erich. »Sie meinten eher wie eines der alten Rasiermesser, Sie wissen schon, die zum Aufklappen.«

»Und die Haushälterin?«

»Inga Borchert«, erklärte Erich. »Ihre Leiche wurde nicht gefunden. Vielleicht ist sie im vorderen Bereich vollständig eingeäschert worden.«

Anton musste an die seltsame, schwarze Substanz vorne im Haus denken. Bei der unwillkürlichen Frage, ob diese Schlacke vielleicht die sterblichen Reste von Inga Borchert sein könnten, wurde ihm flau.

»Vielleicht war sie zur Tatzeit nicht hier. Vielleicht hat sie ja gerade Urlaub?«

»Ausgerechnet an Ostern?«, zweifelte Lorenzo hörbar, während er an einem Lesepult in einem Buch blätterte.

»Und was haben Sie dort?«, fragte Anton und trat zu dem Geistlichen.

»Offenbar das Letzte, worin der Verstorbene gelesen hat.« Wie aufs Stichwort löste erneut draußen ein Bewegungsmelder aus, die Beleuchtung des Nachbarn erhellte das Buch und hüllte das Gesicht des Fras in Schatten. Anton konnte den Text nicht erkennen, bevor das Licht wieder verblasste, aber die Abbildung kannte er. Offenbar war es eine Abhandlung über die Buntglasfenster ihrer Kirche. Anton hatte zudem Blutspritzer auf der Seite gesehen – es war also wirklich, was zur Tat aufgeschlagen war, und das Opfer musste nahe am Buch gestanden haben. Auf neue Art wurde Anton bewusst, dass er an einem Tatort stand. An einem Ort, an dem vor etwa 24 Stunden das Leben eines Menschen gewaltsam beendet worden war.

Er wollte gerade wegen der Abbildungen nachfragen, als draußen ein Scheppern ertönte, als habe jemand einen alten Blecheimer umgestoßen. Die drei Männer schauten sich unsicher an. War es vielleicht doch keine Katze? Unangenehm führte sich Anton vor Augen, dass ein Mörder in der Gegend unterwegs war.

Mehr widerstrebend zog Erich seine Dienstwaffe aus dem Halfter. Das Knarzen des Leders klang unwirklich und viel zu laut in der Stille. Er bedeutete den beiden anderen, zu bleiben, wo sie waren, und näherte sich mit zum Boden gerichteten Lauf den drei Fensteröffnungen.

Draußen war es dunkel, der Blick reichte keinen Meter über die Fenster hinaus. Erich hielt seine Taschenlampe wie die Waffe auf den Boden gerichtet, vielleicht, um niemanden zu früh zu warnen. Die Lautlosigkeit der Bewegungen des dicken Mannes rangen Anton einen ganz neuen Respekt für den Polizisten ab.

Erich hatte die Fenster nun fast erreicht. Leise knarzten seine letzten Schritte auf den Glasscherben. Anton merkte, wie er die Luft anhielt. Auch der *Fra* rührte keinen Muskel.

In dem Moment wurde der Bewegungsmelder erneut ausgelöst und gleißendes Licht erhellte die Außenwelt. Erich schrie und riss die Waffe hoch, denn direkt vor ihm, direkt im Fenster, bisher von der Dunkelheit verborgen, hatten sich drei Schemen versammelt.

Wölfe.

Sogleich ertönte ein tiefes, gurgelndes Knurren und Anton fasste unwillkürlich den Griff seiner Lampe fester. Wölfe! In der Eifel! Mitten in Eschenfeld!

Erich wich langsam einen Schritt zurück, den Lauf auf das Mittlere der drei Tiere gerichtet. Die Wölfe standen mit leicht abgesenkten Körpern dort, die blanken Zähne schimmernd im Licht. Geifer troff von den Lefzen des mittleren Tieres. Waren sie nicht viel zu groß? In jedem Fall waren sie viel größer, als Anton erwartet hatte, wilder und irgendwie urtümlicher als sie in den üblichen Naturdokus immer gewirkt hatten. Etwas Lauerndes lag in ihren Augen.

Jedes Geräusch schien Anton ums hundertfache Verstärkt. Die knarzenden Schritte des Polizisten. Das Rascheln seiner Jacke. Der Atem, den nun auch Lorenzo endlich wieder ausstieß.

Dann erlosch die Außenbeleuchtung und hüllte sie alle in Schwärze. Erich ließ den Kegel seiner Taschenlampe durch die Dunkelheit fahren, so gut das durch die reflektierende Scheibe möglich war, doch draußen war nichts mehr zu sehen. Nichts deutete mehr darauf hin, dass dort Wölfe gestanden hatten. Wäre Anton allein gewesen, er hätte bereits an seinem Verstand gezweifelt.

Langsam kam Erich zu ihnen zurück.

»Ich würde gerne gehen«, hörte Anton sich sagen.

Einen Moment schwiegen sie gemeinsam, dann nickten die beiden anderen.

Flammen.
Karsamstag.

10

»Wölfe, ja?« Annas Skepsis war offenkundig, aber Anton nickte stumm.

Sie saßen im *Anatolia* beim gemeinsamen Frühstück, waren bisher aber allein in dem großen Raum. Aufgeregt hatten sie sich gegenseitig ihre Erlebnisse vom Vortrag geschildert, waren aber noch nicht weiter gekommen damit, zu verstehen, was genau vor sich ging.

Anna atmete frustriert aus, sank auf ihrem Stuhl zurück und blickte aus dem Fenster hinaus auf den kalten, fahlen Morgen. Anton nutzte die Gelegenheit, seine letzte Ecke Toast noch einmal in die Reste seines Frühstückseis zu tunken. Mit vollem Mund fragte er schließlich: »Denkst du, Lydia kann das getan haben?«

»Den Brand gelegt, meinst du?«, fragte Anna und erneut nickte Anton. »Nein, eigentlich nicht. Aber ich weiß es nicht, ich kenne sie nicht, ich bin nicht von hier, vielleicht gab es Hintergründe, die wir nicht kennen?«

»Zwischen ihr und Vater Wollseifer? Unwahrscheinlich«, grübelte Anon. »Also, klar, möglich ist alles und ich kenne Lydia auch nur dem Namen nach, aber irgendwie passt das nicht. Erst recht nicht der präzise Kehlschnitt.«

Annas Blick wanderte die Wände der Kneipe entlang. Sie runzelte die Stirn.

»Warum«, fragte sie schließlich, »hat Lydias Mutter eigentlich hier keine Flugblätter ausgehängt? Die Touristen im Ort kehren vermutlich alle mal hier ein, und vermutlich ist die Kneipe doch auch für die Einheimischen ein Dorfmittelpunkt, oder?«

»Ja, ist sie, aber Else hier«, und Anton deutete mit seinem Toast zum Tresen, »würde das nicht machen. Nicht wenn sie nicht selbst überzeugt ist, dass Lydia verschwunden, statt weggelaufen ist. Genau aus dem Grund, den du nennst – die Touristen kehren hier alle mal ein.«

»Ich kann nicht glauben, dass das hier keiner ernst nimmt.«

»Wenn das mit dem Brand nicht wäre und wenn nicht gerade der Osterbrauch anstünde? Vielleicht. Nicht aus Empathie, aber aus Langeweile. Aber es kommt auf allen Dörfern vor. Mädchen und Jungs zwischen 15 und 18, die irgendwann aus dem goldenen Käfig der Landidylle ausbrechen, und meist nach ein, zwei Wochen geläutert wiederkommen, weil die Welt doch nicht auf sie gewartet hat.«

Anna nahm sich ihren dampfenden Kaffee in beide Hände und blickte ihn mit ihren forschen Augen an. Die Art, wie er das sagte, klang zu persönlich in ihren Ohren. Aber Anton schien gesagt zu haben, was er jetzt dazu sagen wollte.

»Wo machen wir dann weiter?«, brach sie das aufkommende Schweigen.

»Hm?«, brummte Anton unsicher.

»Wo wir ansetzen. Oder ist dein Streben nach der Wahrheit hiermit beendet?«

»Nein«, antwortete er lächelnd. »Nein, ich will Antworten. Und ich glaube, wenn, dann müssen wir die uns selber besorgen.«

»Also?«

»Die Buntglasfenster vielleicht? Es war das Letzte, womit er sich vor seinem Tod befasst hat.«

»Jetzt spekulierst du«, mahnte Anna ihn. »Sicher, er mag sich vor seinem Tod damit befasst haben, aber warum sollte das eine Rolle spielen?«

Anton beugte sich zu ihr vor. »Ein Bauchgefühl. Vor allem wegen Lorenzo. Der war mir entschieden zu schnell hier im Ort, nachdem der Vorfall sich ereignet hatte. Effektiv muss er losgefahren sein, bevor wir den Todesfall hier melden konnten, und das alleine ist denke ich schon verdächtig.«

Nun beugte sich auch Anna zu ihm hin, offenbar neugierig geworden. »Okay, und weiter?«

»Vielleicht hat es nichts zu sagen. Aber wenn doch, dann hat es etwas mit der Kirche zu tun; und zwar irgendetwas mit enormer Tragweite, wenn nicht etwa das Bistum zuständig ist, sondern gleich der Vatikan jemanden entsendet. Es gibt aber wenig hier im Ort, was kirchlich für Aufsehen sorgt. Wir haben den Osterbrauch, aber den haben wir jedes Jahr.«

»Bleibt Wollseifers Recherche«, schlussfolgerte Anna. Sie nickte kurz, griff dann neben sich in ihre Tasche und zog ihren Laptop heraus. Schnell verschwand sie für Anton hinter dem aufgeklappten Bildschirm, sodass er neben sie auf die Eckbank rückte, um auch etwas sehen zu können.

»Was tust du?«, fragte er.

Sie lächelte. »Ich suche online nach dem Ort und den Fenstern.« Ihre Finger huschten über die Tasten und sie begann, offenbar geübt, die Ergebnisse zu durchforsten.

Antons Blick wanderte nun seinerseits aus dem Fenster. Es war wirklich ein karger Morgen. Dunstig und scheinbar aller Farbe beraubt, die Straßen leer, alles von Reif bedeckt. Irgendwo dort draußen war vielleicht gerade Lydia, überlegte er. Entweder sie brauchte Hilfe, oder sie verbarg sich. Wenn sie Hilfe brauchte, war sie vielleicht selbst ein Opfer. Wenn sie sich verbarg, dann entweder aus privaten Gründen, Angst oder aus Schuld. Anton seufzte. Das war ein Puzzle, das er so hier und jetzt nicht lösen konnte.

»Ha!«, jubelte Anna neben ihm auf. Er blickte zurück zum Monitor. Eine Webseite lag vor ihm. Sie machte keinen besonders seriösen Eindruck, schien mit irgendeinem vorgefertigten Design gestaltet worden zu sein. ›Sagen und Mythen der Eifel‹ stand darüber.

»Du denkst, das kann uns helfen?«, fragte er unschlüssig.

»Schau hier«, beharrte Anna und deutete auf den Text auf dem Monitor. »›Haben Sie Fragen zu den Mythen der Region? Können Sie Spuren der Geschichte nicht deuten? Ist Ihnen Seltsames widerfahren, dann rufen Sie uns an.‹ Ich finde das klingt passend.«

»Ich bin mir unsicher. Das klingt wie die Werbung damals in Ghostbusters.«

»Schau, Eschenfeld ist sogar bei den Orten hier aufgeführt, zu denen sie Informationen anbieten.« Anna klickte noch einige Male. »Und hier ist ein Kontakt mit Telefonnummer. Roman Landvogt. Gut, dann rufe ich den jetzt an.«

Anton setzte noch einmal an, um zu widersprechen, aber da hatte Anna ihr Smartphone schon am Ohr.

11

Noch immer hatte die Sonne keinen Weg gefunden, die dichten, tief hängenden Wolken zu durchbrechen. Die Äste der Bäume wogten vor dunstigen Schwaden umher und die grasbewachsenen Hänge wirkten trüb im kalten Licht des Vormittags. Anton lenkte den Wagen die Serpentinen herab und Anna war froh, nicht selbst fahren zu müssen. Trotz seiner Ortskenntnis hatten sie das Navigationsgerät eingeschaltet, denn die Anschrift hatte Anton nichts gesagt und lag auch allem Anschein nach mitten im Nirgendwo.

»Okay, noch mal für mich zum Mitschreiben«, erklang Johannas Stimme aus dem Handy. Geduldig wiederholte Anna noch einmal die Vorgänge des gestrigen Tages.

»Und du denkst, diese Quelle kann euch helfen?«, folgte die nächste Frage.

»Ich weiß es nicht«, gestand Anna. »Aber wir haben nichts Konkretes. Und irgendwo müssen wir ja anfangen.

»Schon okay«, lenkte ihre Chefredakteurin ein. »Ich denke noch immer, dass du da an was dran bist. Aber lass dich nicht ablenken.«

»Ja.«

»Und bring O-Töne mit!«

»Ja. Du, Johanna, wir sollten gleich da sein. Ich melde mich wieder!«

Die beiden Frauen verabschiedeten sich knapp und Anna blickte zu Anton herüber, dessen missmutiger Blick auf die Straße gerichtet war.

»Du wirkst unzufrieden«, stellte sie schließlich fest.

»Ich weiß nur noch immer nicht, was wir hier machen,« brummte Anton.

»Wie gesagt, vielleicht verstehen wir, was dem Pfarrer passiert ist, wenn wir verstehen, was ihn beschäftigt hat. Und hey, die Fenster, das war doch deine Idee.«

Stumm nickte er. Anna suchte gerade nach einer Möglichkeit, das Gespräch noch einmal fortzusetzen, als Anton an einer kleinen Kreuzung abbog und sie anblickte. »Ich denke, ich weiß, wohin wir fahren.«

»Was meinst du?«

»Das könnte der alte Förster-Hof sein. Der stand schon sicher zehn Jahre leer, aber vor einer Weile, heißt es, hätte sich doch jemand dafür interessiert. Der Ortstratsch sagt, es wäre ein eher verschrobener Künstler, aber das hier ist zu weit von Eschenfeld weg, als dass da einer mehr berichtet hätte.«

»Ich werde immer neugieriger!«, frohlockte Anna.

Etwa eine Minute, bevor sie den Hof erreichten, wechselte der Fahrbahnbelag zu Kies. Morsche, teils kaputte Zaunpfähle säumten den Weg das letzte Stück, bis sie schlussendlich wirklich auf den großen Platz vor einem alten Bauernhof vorfuhren. Es gab eine verfallene Scheune zu ihrer Linken, einen schon in sich zusammengebrochenen Schuppen gerade vor ihnen, aber rechts von ihnen ragte das alte Haupthaus auf und schien tatsächlich bewohnt. Licht drang aus mehreren Fenstern und der Kamin spie kleine, dunkle Wölkchen in den grauen Himmel empor.

»Da wären wir«, stellte Anton fest.

»Also dann?«, fragte Anna.

»Also dann.«

Sie stiegen beide aus dem Wagen und sofort umfing die Kälte sie wieder. Ein rauchiger Geruch lag in der Luft, zog offenbar vom Schornstein des Hauses herüber, doch nichts deutete auf Vieh, Gülle, oder andere Gerüche hin, die man bei einem Bauernhof erwartet hätte. Erneut blickten sie beide zu den verfallenen, anderen Gebäuden, dann traten sie zur Tür des Haupthauses und suchten die Klingel.

Als sie keine fanden, nickten sie einander erneut zu und Anton klopfte.

Zuerst hörten sie nichts. Sie waren schon drauf und dran, um das Haus zu gehen, als plötzlich Gepolter ertönte, als liefe jemand ungehaltenen Schrittes eine alte Holztreppe herab.

»Wer wagt es, an solch einem schönen Morgen die Ruhe zu stören?!«, donnerte es aus dem Inneren.

»Meine Name ist Anna Sperber, und das hier bei mir ist Anton Dahling. Wir hatten angerufen.«

»Ihr habt mächtig Nerven, hier einfach aufzukreuzen!«, polterte es erneut von drinnen.

»Wir wollten Sie nicht stören«, lenkte Anton ein. »Bitte entschuldigen Sie, wir fahren wieder, wenn Sie nicht wollen, dass wir hier sind.«

In diesem Moment erreichten die Schritte offenbar die Schwelle und die Türe wurde von innen aufgerissen. Überrascht blickten die beiden Besucher auf einen jungen Mann, vielleicht Mitte 30. Der Blick wirr, die Haare blau und grün gefärbt, ein Ohr diagonal mit einem Stäbchen als Piercing durchstoßen, dazu eine zerschlissene Jeans und ein löchriges T-Shirt.

»Hi«, sagte die Gestalt. »Nun kommt doch endlich rein.«

✻
✻✻

Gemeinsam gingen die drei ins Haus und dann die hölzerne Treppe weiter nach oben. Das Erdgeschoss erweckte nicht den Eindruck, viel genutzt zu werden. Anton ließ seinen Blick durch eine Türe auf der rechten Seite in eine Küche schweifen, deren dicke Staubschicht allein schon zeigte, dass dort nicht viel gemacht wurde. Die stark beschädigte Takenplatte legte nahe, dass auch der Ofen lange schon nicht mehr genutzt wurde.

Er wusste aus eigener Erfahrung, dass der Unterhalt eines alten Bauernhauses als Einzelperson schwierig war, aber hier sah es eher so aus, als würde es gar nicht versucht. Oben hingegen bot sich ein ganz anderer Anblick.

Zahlreiche Lampen erhellten das Obergeschoss, das wie ein Loft offenbar als einziger, großer Wohnraum genutzt wurde. Die Wände waren rundum mit Fotos verziert – teils gerahmt, viele aber auch einfach mit Heftzwecken oder Nägeln ins Holz geschlagen. Es war warm, es war sauber und zumindest eine Ecke des Raumes bot mit einem modern wirkenden Rechner, zwei großen Monitoren, einem Zeichentablett und einer kleinen Foto-Ecke nebst Scheinwerfern einen immensen Kontrast zum rustikalen ersten Eindruck des Hauses.

Der größte Fremdkörper schien aber die vierte Person, die dort wartete. Eine junge Frau, vermutlich ebenfalls Mitte 30, aber ansonsten ein völliger Gegensatz des Mannes. Sie war adrett gekleidet, wirkte regelrecht geschäftsmäßig, mit Anzughose, feiner Bluse und einer dieser modernen, dick gerahmten Brillen. Sie war es dann auch, die den beiden mit einem warmen Lächeln erstmals richtig das Gefühl gab, willkommen zu sein.

»Ich hoffe, Roman hat Sie nicht zu sehr erschreckt?«, fragte sie.

»Nicht erschreckt«, sagte Anton. »Aber ein wenig verstört, das gebe ich zu.«

»Roman?«, fragte Anna. »Dann hatten wir telefoniert?«

Der Mann mit den bunten Haaren nickte, zog sich dann aber zunächst in seine Technikecke zurück und begann, an einem Fotoapparat herumzuspielen.

»Entschuldigt, er ist halt so«, sagte die Frau und trat nun zu ihnen. »Anja Lux.«

Beide ergriffen die dargebotene Hand und schüttelten sie nacheinander. Sie stellten sich ebenfalls vor und während Anton sich neugierig im Raum umsah, eröffnete Anna das Gespräch:

»Entschuldigen Sie, dass wir so einfach mit der Türe ins Haus gefallen sind …«

»Nicht doch. Zunächst einmal, duzt uns ruhig. Und wir freuen uns über jeden Anruf. Die Webseite wird mal mehr, mal weniger wahrgenommen, aber wir wollen ja helfen, wo wir können.«

»Wäre es in Ordnung, wenn ich unser Gespräch aufzeichne? Ich arbeite an einem Radiobericht.«

»Nein, kein Problem.« Anja lächelte, Roman war nicht zu deuten.

Anton blickte derweil die Fotos entlang. Einiges kam ihm bekannt vor. Viele Bilder zeigten Orte in der Eifel, das Hohe Venn etwa, oder die Katzensteine. Ein Foto zeigte einen Priester, den er auch schon mal gesehen hatte. Er musste aus einer der Nachbargemeinden stammen und hatte Vater Wollseifer hier und da schon mal vertreten. Zu einem Altarkreuz gab es eine ganze Fotoserie, schien es, ebenso wie es viele Bilder mit Anja und drei weiteren jungen Leuten gab. Roman war nie zu sehen, vielleicht aber ja der Fotograf. Dazu gab es Fotos einer komplett anderen Gruppe junger Leute, zwei Jungs und zwei Mädchen, die jedoch seltener vorkamen. Der Bürgermeister trat zu den beiden Frauen zurück. Romans Auslöser klickte und scheinbar ganz zufrieden blickte er auf das Display seiner Kamera.

»Was genau tut ihr hier eigentlich?«, fragte Anton.

»Wohnen«, antwortete Roman.

»Das meine ich nicht.«

»Wir versuchen Leuten mit eigenartigen Problemen zu helfen«, erklärte Anja etwas umständlich.

»Und das heißt?«

»Wir sind uns nicht sicher, woran es genau liegt, aber in der Eifel haben sich in den letzten Jahren immer mal wieder seltsame Phänomene ereignet.«

»Die Eifel ist alt«, warf Roman ein.

»Manchmal klingen sie wie Spukgeschichten«, fuhr Anja fort, »manchmal wirken sie wie Verbrechen. Wir sind keine Superhelden oder so, auch keine Polizei. Wir sammeln einfach nur Informationen und verteilen sie, wenn wir glauben, dass es hilft. Woher genau kommt ihr?«

»Anna hier ist eigentlich nur zu Gast. Ich war zwar eine Weile fort, wohne nun aber wieder in Eschenfeld.«

»Ah, beim Nazischlösschen«, murmelte Roman.

»Dieser trutzige Betonklotz auf der gegenüberliegenden Talseite«, erklärte Anja, als sie Annas fragenden Blick bemerkte. »Das ist die alte Reichsschulungsburg Starenflug.«

»Sie steht heute leer«, ergänzte Anton. »Bis vor einigen Jahren war das Erholungsheim Rosenwasser darin untergebracht, aber das musste aus finanziellen Gründen schließen. Seither versucht die Stadt erfolglos, einen Käufer zu finden.«

»Und da findet sich keiner? Tourismus, Kurort, so in der Art?«

»Nein«, schüttelte Anton den Kopf. »Ist alles in allem eine ziemliche Trauergeschichte. Die Sanierung des Gebäudes ist nicht einmal fertiggestellt gewesen, als das Heim eröffnet wurde, wie wir später festgestellt haben. Das Teil ist nicht bloß eine leerstehende Ruine, es sind im Grunde mehrere. Der Abriss ist unbezahlbar, aber den Klotz will sich auch keiner ans Bein binden.«

»Aber wegen all dem seid ihr nicht hier«, stellte Anja fest.

»Da stimmt«, gab Anna zu. »Denkt ihr denn, ihr könnt uns helfen?«

»Schauen wir mal. Roman?«

Auf Anjas Bitte trat der bunthaarige Mann wieder zu ihnen, sammelte unterwegs eine Mappe ein und breitete anschließend einige Fotos vor den Besuchern aus.

»Die Buntglasfenster«, bemerkte Anton erstaunt.

»Woher habt ihr die Fotos?«, fragte Anna.

»Hab ich vor ein paar Jahren mal so gemacht«, kommentierte Roman.

»Wisst ihr, was sie bedeuten?«, erkundigte die Journalistin sich. Roman nickte nur, aber Anja führte das weiter aus:

»Das mittlere Bild zeigt Jesus. Bei den drei linken Fenstern können wir euch nicht viel sagen. Wir haben das vor heute nie aktiv recherchiert, insofern nur grob. Das erste Bild zeigt den Kreuzweg. Bei dem zweiten Bild mit Altar und Thron sind wir uns nicht sicher. Beim dritten Bild vermutet Roman, dass es sich um Lazarus handelt.«

»Lazarus von Bethanien«, bestätigte Roman. »Von Jesus von den Toten auferweckt.«

Anton nickte. Soweit konnte er folgen.

»Und die anderen drei Fenster?«

»Da wird es spannend«, freute sich Roman.

»Das Kreuz mit den geschwungenen Haken«, fuhr Anja fort, »ist ein Lilienkreuz.«

»Ein Kirchenvertreter ist gerade in Eschenfeld zu Gast, er trägt so ein Kreuz als Ring am Finger«, warf Anton ein.

»Das Lilienkreuz ist das Zeichen des Dominikanerordens«, erklärte Anja.

»Die Hunde des Herrn«, knurrte Roman. Anna blickte ihn fragend an.

»Es ist ein Wortspiel«, antwortete Anja an seiner Stelle. »*Domini canis,* die Hunde des Herrn. Es passt insofern, weil sie in ihrer Funktion für die Kirche gerade früher so agiert haben. Und dazu passt das nächste Bild.«

»Es ist eine Darstellung unserer Räder mit dem Osterfeuer, nicht wahr?«

»Fast«, sagte Anja lächelnd. »Die wenigsten im Ort kennen glaube ich noch den Ursprung dieses schönen Brauchs.«

»Die Hexe musste brennen«, übernahm Roman. »Sie hatten eine Hexe im Ort gestellt. Hatten sie geprüft und sie war aufgeflogen, so heißt es. Man rief die Kirche zur Hilfe und diese vollstreckte das Urteil – die Hexe wurde an ein riesiges, hölzernes Rad geschnallt, dieses wurde mit Stroh umwickelt, angezündet und ins Tal hinabgejagt. Um die sündige Seele der Hexe für immer zu verbrennen.«

»Wir sind beide nicht die Experten, was Hexen angeht«, räumte Anja ein. »Aber unsere Freunde, die sich da vielleicht besser auskennen würden, sind gerade in Skandinavien und nicht zu erreichen. Was ich euch aber noch sagen kann, ist, was das Fenster rechts zeigt. Das dort ist Bischof Yves de Bures, der das Urteil gegenüber der Hexe vollstreckt haben soll.«

»Ein Dominikaner«, schloss Anna, und ihre Gastgeber nickten.

»Das ist alles ganz obskur«, knurrte Anton. »Nicht nur, dass unser Osterbrauch in Wirklichkeit aus einer Hinrichtung erwachsen sein soll, ausgerechnet von jenem Orden, der damals die Hexe gerichtet hat, trifft auch noch jemand bei uns ein, nachdem am Vortag unser Pfarrer in einem Hausbrand gestorben ist?«

»Nachdem er sich für die Fenster interessiert hat«, ergänzte Anna.

Gemeinsam schweigen die vier.

»Aber das bringt uns alles nicht weiter«, fluchte Anton.

Roman räumte die Fotos wieder zusammen, schob sie zurück in die Mappe und legte diese wieder an ihren Platz.

Anja schaute ihre Gäste zwar weiter hilfsbereit an, aber weder Anton noch Anna fiel mehr ein, was man hätte fragen können. So war es doch noch mal Roman, der die Stille durchbrach:

»Wart ihr schon bei der alten Kirche?«

»Welche alte Kirche?«, horchte Anna auf.

»Es gibt keine weitere Kirche im Ort«, beharrte Anton. Roman druckte derweil das Foto, was er von dem Gespräch gemacht hatte, aus, und heftete es an eine der Wände.

»Roman hat Recht. Die Leute dort waren gläubig, auch bevor die heutige Kirche gebaut wurde«, dachte Anna laut nach. »Sie waren Christen genug, bei den Dominikanern Hilfe zu suchen, als sie die Hexe fanden.«

»Das heißt aber ja nicht«, entgegnete Anton, »dass die Kirche nicht schon stand. Im Gegenteil.«

»Der Baustil ist zu modern«, warf Anja ein. »Außerdem sind die Buntglasfenster erst nach der Verbrennung entstanden, sonst könnten sie ja nicht die Feuerräder zeigen, oder den Bischof.«

»Vielleicht stand sie auch im Ort, vermutlich aber im Wald«, tönte es von Roman.

Fragend wandte sich die Journalistin zum Bürgermeister. Der dachte einen Moment nach und nickte dann kräftig.

»Falls es wirklich früher noch eine andere Kirche gab, muss sie im Stadtarchiv erwähnt sein. Und auch, was mit ihr geschah. Wir greifen hier nach Strohhalmen, aber ich denke, dort können wir weitermachen.«

Sie verabschiedeten sich kurz und bedankten sich, bevor sie wieder die Treppe hinabliefen.

»Viel Glück«, rief Anja ihnen noch nach.

»Gott mit euch«, ergänzte Roman. Es war nicht zu sagen, ob er es ernst meinte oder nicht.

Kurz darauf schoss der Wagen des Bürgermeisters wieder durch die diesige Eifel.

12

Als Anton seinen Wagen wieder im Ort abstellte, war der Himmel endlich aufgebrochen und die kalte Aprilsonne konnte zumindest ungehindert durch die Gassen scheinen. Die Laune der beiden besserte sich durchaus, auch wenn weder Anton noch Anna die Unruhe völlig abschütteln konnten, die am Vortag in ihre Glieder gekrochen war.

Nun aber eilten sie – nachdem sie sich beim Bäcker noch Brötchen und Kaffee geholt hatten – auf das Stadtarchiv zu. Ursprünglich war das Gebäude, so hatte Anton berichtet, mal ein Hotel gewesen, aber der Tourismus im Ort hatte nie die notwendige Fahrt aufgenommen und so musste es irgendwann vor Jahrzehnten schließen. Das alte Gebäude stand mittlerweile unter Denkmalschutz und so beschloss man, das bis dahin nur notdürftig im Rathaus untergebrachte Bürgerarchiv dorthin auszulagern.

Nicht, dass es dort mehr genutzt worden wäre als das Hotel zuvor, aber als städtische Einrichtung war damit eine ganz andere Form von Fortbestand gesichert.

Eschenfeld war ohnehin alt, wie Anna erneut durch den Kopf ging. Viele Eifelorte hatten in den Weltkriegen große Teile ihrer Altbauten verloren, Eschenfeld aber bot noch immer zahlreiche krumme und schiefe Fachwerkhäuser, alte Bauernstuben und einer anderen Zeit entrissene Gebäude dar. Es war ein schöner Ort und es war leicht, sich in der kalten Frühlingssonne in seiner Anmut zu verlieren.

Umso überraschter war Anna, als Anton sie plötzlich packte und in eine Seitengasse riss. Sie wollte protestieren, sich beschweren, doch sein Blick fing den ihren und die Sorge darin sowie sein unmerkliches Kopfschütteln ließen sie schweigen. Anton legte noch symbolisch den Zeigefinger auf die Lippen und deutete anschließend um die Hausecke, an der er sie gerade vorbeigezogen hatte.

Annas Blick folge seinem Fingerzeig. Dort stand das Stadtarchiv, sie erkannte es sofort. Seinen Ursprung als Hotel konnte es auch heute nicht ganz verbergen, wenn auch nun alle Schilder und Schautafeln auf seine neue Nutzung verwiesen. Antons Geste galt aber etwas anderem.

Fra Lorenzo verließ gerade das Gebäude, oder vielmehr den Kelleraufgang des Gebäudes. Er zog sich mit dicken Handschuhen den schweren Mantel enger um die Schultern, sah sich noch einmal um und stieg dann in seinen Wagen. Sekunden darauf flammten die Scheinwerfer auf, der starke Motor erwachte mit tiefem Grollen zum Leben und das edle Fahrzeug rollte vom Platz – und offenbar hinaus aus der Stadt.

»Was wollte der denn hier?«, knurrte Anna endlich.

»Keine Ahnung«, gab Anton zu. »Aber wir können es vielleicht herausfinden!«

Die Treppe in den Keller, so zeigte sich, war der Zugang zum Archiv historischer Schriften. Während im Haupthaus mehr die Dokumente der jüngeren Geschichte lagerten, ruhten im Keller die wirklich alten Unterlagen, sofern sie der Bevölkerung zugänglich waren.

Zugang erhielten sie leicht, immerhin war Anton der Bürgermeister, aber mehr als Lorenzos generelles Interesse an der Frühgeschichte des Ortes wusste die Rezeptionsdame im Haupthaus nicht zu vermelden – wonach genau er also gesucht hatte, blieb ein Rätsel.

Das historische Archiv selbst wusste zu beeindrucken. Es war ein alter Gewölbekeller – Anna konnte nicht festmachen, ob es wohl mal ein Wein- oder Kohlekeller gewesen war –, aber heute säumten zahllose offenbar handgefertigte und uneinheitliche Regale jede Wand und jede Nische.

Vorwiegend Bücher, aber auch manche Dokumentenrolle konnten sie erspähen. An vielen Stellen hatten sich die dunklen Regalböden bereits beachtlich durchgebogen, hier und da erkannte man sogar Holzstücke, die zur Absicherung nachträglich eingefügt worden waren. Die Beleuchtung kam durch eine ganze Reihe schwacher Lampen in diversen Nischen, was dem Raum etwas Schummriges verlieh und in jeden Winkel Schatten zu zeichnen schien.

»Wir werden nicht so einfach herausfinden, was Lorenzo gesucht hat«, gab Anton zu.

»Aber wir sind ja offenbar an der gleichen Sache dran«, sagte Anna schließlich. »Lass uns suchen, weshalb wir hergekommen sind und vielleicht finden wir auf dem Weg auch heraus, weshalb der *Fra* hier war.«

Anton nickte, und so machten sie sich ans Werk. Es dauerte eine ganze Weile, bis sie begannen, das System des Archivs zumindest halbwegs zu durchblicken. Danach konnten sie gezielter suchen, doch noch immer fühlte es sich an wie pures Raten. Anton war offenbar drauf und dran, frustriert aufzugeben, als Anna ein alter Buchrücken ins Auge fiel. Einen Titel trug das Buch nicht, doch auf dem Einband war ein geprägtes, subtiles Lilienkreuz zu erkennen. Zudem wirkte der Staub, der eigentlich alle Regale hier säumte, vor diesem Buch verwischt. Anna zog es hervor und murmelte leise: »Anton.«

»*Historia et purgatio maleficai*«, las er vor.

»›Die Geschichte und Reinigung der Hexe‹«, übersetzte Anna.

Anton blickte sie erstaunt an.

»Hey, ich hab Germanistik studiert«, verteidigte sie sich. »Latein war Pflicht.«

»Ich beschwere mich nicht«, wiegelte er ab.

Anna öffnete das Buch behutsam und versuchte zu erahnen, wo es zuletzt aufgeschlagen worden war. Doch die alten, von Hand per Faden gebundenen Seiten gaben das Geheimnis nicht preis. Also begann sie stattdessen, im hinteren Teil des Buches zu lesen.

»Verstehst du das alles?«, fragte Anton nach einer Weile.

»Nein«, gab sie zu. »Aber ich kriege zumindest meist pro Absatz raus, worum es geht. Hier etwa«, sagte sie und tippte auf eine Textstelle, »geht es um die Überreste der Hexe, nachdem man sie verbrannt hatte. ›Die Bewohner ... dankten aus ihrer tiefsten Seele dem ... Bischof Yves de Bures und legten ... die Asche der Toten ... ihm zu Füßen‹.«

Anton nickte erneut beeindruckt.

»Sie taten dies ... Anton! ›Sie taten dies in der ... *ecclesia nova* ... in der ... neuen Kirche‹, steht hier! Es stimmt also, es muss auch eine alte Kirche geben!«

Sie schlug einige Seiten zurück und begann erneut zu lesen. Gefolgt von erneutem Blättern, von erneutem Lesen. Schließlich aber hellten ihre Züge auf.

»Anton, hier ist es recht eindeutig beschrieben. Ein Bach, der am Fuße der alten Kapelle entlangfloss, und wie dieser den Pfad kreuzte, der nach Eschenfeld führt. Ich muss gleich mal über meinen Laptop auf die Satellitenkarte der Region schauen, aber ich behaupte, das finde ich.«

Begeistert nickten sich die beiden zu, doch dann verfinsterte sich Antons Blick. Anna drehte sich um und sah, was auch er erspäht hatte. Am Fuße der Kellertreppe stand eine Gestalt. Es wirkte, als trüge sie eine schwere Winterjacke. Sie hatte einen Schal ums Gesicht geschlungen und hielt etwas in der Hand. Doch so sehr sich Anna bemühte, es war nicht zu erkennen, wer dies war. In dem hellen Licht, das durch die Luke fiel, verschmolz die Gestalt zu einer nur schwer zu erfassenden Silhouette.

»Ja bitte?«, fragte Anton.

Es kam Bewegung in die Gestalt. In einer einzigen, schnellen Bewegung warf sie, was sie bisher in der Hand gehalten hatte. Es war eine Flasche, ähnlich vielleicht denen, die früher Apotheker verwendeten. Noch im Flug schien die Flüssigkeit im Inneren des dunklen Glases Feuer zu fangen und in dem Moment, in dem sie am Buchregal rechts von Anna zerschellte, verwandelten sich gleich mehrere Regalmeter antiker Dokumente in eine Flammenhölle.

Anton ergriff sie geistesgegenwärtig und riss sie von den Flammen weg. Annas Blick ruckte zum Eingang, doch die Gestalt war dort verschwunden. Das Feuer aber verhielt sich nicht, wie sie es erwartet hätte. Binnen Sekunden breitete es sich aus, schlug in funkenschlagenden Wogen von Regal zu Regal und verwandelte teils Jahrhunderte alte Dokumente in nichts als Kohle, Asche und Rauch.

Die Temperatur stieg ununterbrochen. Fassungslos sah Anna, wie der steinerne Boden des Raumes dort, wo die Flasche gelandet war, ein rötliches Glühen annahm. Beide zogen sie sich zurück und wichen weiter in den Raum hinein. Dadurch wurde jedoch auch ihr Abstand zur rettenden Tür jenseits der Flammen nur noch größer. Anna verstaute derweil das Buch, in dem sie gerade gelesen hatten, in ihrer Jackentasche. Sie würde ihre Hände nun vermutlich brauchen.

»Wir müssen hier raus!«, brüllte sie. Das Fauchen der Flammen war unvorstellbar laut und schwer zu übertönen. Nun aber drang Rauch in ihren Mund, unangenehmer, schwefeliger Rauch, und ihre weiteren Worte verloren sich in einem Hustenkrampf. Anton erging es nicht besser. Anna aber erkannte durch tränengefüllte Augen, warum sie nicht mehr zum Eingang laufen konnten. Wie von einer unsichtbaren Hand gelenkt, hatte das Feuer sich so durch den Raum gefressen, dass der direkte Fluchtweg nun aus Glut, leckenden Feuerzungen und flirrender Hitze bestand.

Feuer rollte wie eine Meeresbrandung die Decke über ihren Köpfen entlang und geduckt zogen sie sich immer weiter zurück.

War dies, was auch in dem Pfarrhaus geschehen war? Sie sah, wie Anton sich seinen Schal vor das Gesicht zog und tat es ihm gleich. Viel half es nicht. Dann aber kam ihr ein Gedanke, wenn sie auch mehrere Versuche brauchte, ihn auszusprechen.

»Der Lieferschacht!«

Anton blickte sie fragend an.

»Ob Kohle- oder Weinkeller – die werden von außen beliefert!«

Nun fiel bei ihm der Groschen. Sie blickten sich zusammen um. Wenn sie Pech hatten, lag der alte Lieferzugang weiter vorne im Gebäude und war bereits von den Flammen umschlungen. Tosend fiel im vorderen Bereich eines der Regale in sich zusammen. Funken stieben auf und die Flammen, weiter genährt, schlugen nur noch höher.

Aber sie hatten Glück. Anton erblickte ihn als Erstes. Es gab mittlerweile keine Zuflucht mehr vor dem Rauch und eine unachtsame Bewegung hatten einen Teil von Annas Ärmel geschmolzen, aber sie blickten auf einen Ausgang. Anton faltete seine Hände zusammen und baute ihr damit einen Tritt, mit dem sie eine Schräge hinaufkam bis zu einer alten Luke. Sie drückte, doch nichts geschah. Sie legte alle Kraft in ihre Bemühungen, doch noch immer hielt das alte Schott stand. Die Flammen kamen ihnen viel zu nah und sie spürte, wie Anton zu schwanken begann.

Einen Versuch.

Einen letzten Versuch.

Sie drückte, mit aller Kraft, die sie in sich fand – und nach einem letzten, qualvollen Moment brach irgendein Scharnier und die doppelflüglige Luke barst nach außen. Die Flammen fauchten hinter ihr, als weiterer Sauerstoff in den Raum drang.

In einer letzten Anstrengung zog Anna sich durch den neuen Fluchtweg hinaus auf das Kopfsteinpflaster der Straße und langte herab, um auch Anton hinaufzuziehen.

Kurz darauf lagen sie gemeinsam auf dem eiskalten Kopfsteinpflaster, husteten Rauch und spuckten Asche, unfähig, gerade mehr zu tun, als mit jeder Faser ihres Körpers am Leben zu sein.

Nur verschwommen realisierte Anna, dass Leute gelaufen kamen und in der Ferne bereits ein Martinshorn erklang.

13

»Ich weiß nicht.«

Prüfend blickte Erich die beiden an. Anna und Anton saßen gemeinsam in der geöffneten Heckklappe eines Krankenwagens, während die Sanitäter noch einmal mit der Feuerwehr das Gebäude begingen, auf der Suche nach weiteren Verletzten. Offenbar aber war niemand zu Schaden gekommen, nachdem die Rezeption oben geräumt werden konnte und ohnehin kein anderer Besucher im Haus war. Niemand außer ihnen.

Und der Person im Gegenlicht, die mit der Flasche geworfen hatte, ergänzte Anna in Gedanken.

»Ich weiß nicht«, wiederholte der Dorfpolizist ein weiteres Mal. »Ihr wart also da drin, dann kam wer rein, hat einen Molotowcocktail geworfen und alles hat gebrannt?«

»Ich glaube nicht, dass das ein Molotowcocktail war«, murmelte Anna zu leise, dass Erich sie hören konnte. Anton nickt derweil zustimmend.

»Gut, das ganze trockene Papier da unten in dem Keller, keine Sprinkleranlage, meinetwegen. Aber das ist doch schon viel Zufall, findet ihr nicht?«, fuhr Erich fort.

»Was meinst du?«, fragte Anton.

»Erst der Brandanschlag auf den Pfarrer, auf das Pfarrheim. Und jetzt das hier, innerhalb von zwei Tagen. Ist das Terrorismus?«

»Nein«, sagte Anna, »ich denke, das ist was anderes. Ich kann Ihnen auch nicht sagen, was, aber irgendwas anderes geht hier vor.«

»So sehe ich das eigentlich auch«, stimmte der Polizist zu. »Nur was, das ist die Frage. Ihr habt niemanden sonst gesehen?«

Beide schüttelten den Kopf. Sie hatten sich gar nicht absprechen müssen, um sich zu einigen, Lorenzos Anwesenheit zu verschweigen. Was auch immer hier vor sich ging, es war ein delikates Puzzle. Erich aber war kein Werkzeug für delikate Puzzle, Erich war mehr ein Hammer. Er würde im Zweifel nur dafür sorgen, dass sie selbst keine Nachforschungen mehr anstellen konnten. Und Anna wollte die Story.

Was genau Anton antrieb, das war ihr auch noch nicht klar.

Über die Schulter des korpulenten Beamten hinweg erkannte sie einige Querstraßen weiter Greta Mühlenheimer, wie sie erneut mit ihren Flugblättern auf das Osterfeuer vor der Kirche zuging. Es war eine verlorene Geste, die allenfalls ihrem eigenen Wohl dienen konnte. Jeder im Ort wusste mittlerweile, dass Lydia verschwunden war. Sie alle kannten das Mädchen und brauchten das Foto nicht. Aber Anna verstand auch, dass Greta nicht einfach aufgeben konnte. Natürlich nicht. Nun untätig daheim zu sitzen und auf das Beste zu hoffen, da wäre sie wohl auch schnell verrückt geworden.

Stattdessen hatte die Journalistin ein schlechtes Gewissen, dass sie sich noch nicht weiter darum gekümmert hatte. Das Gespräch mit Chris am vorigen Abend schien schon eine Ewigkeit her, und sie recherchierte stattdessen über Buntglasfenster.

Nein, korrigierte sie sich jedoch, über Buntglasfenster, deren Geheimnis ganz offenbar so bedeutsam war, dass man dafür tötete und nun bereits zwei Gebäude niedergebrannt hatte. Was auch immer sie hier tat, zumindest war es ebenso ein reales Problem wie Lydias Verschwinden.

Anna realisierte, dass Erich und Anton sie nun beide erwartungsvoll ansahen.

»Entschuldigt«, murmelte sie. »Was habt ihr gesagt?«

»Ich möchte, dass Sie sich schonen«, sagte der Polizist. »Dass ihr euch beide schont. Geht wo was essen, fahrt nach Hause, legt die Füße hoch. Morgen ist Ostersonntag, dann müsst ihr ja wieder fit sein.«

»Danke, Erich«, stimmte Anton zu und klopfte ihm auf die Schulter. »Machen wir.«

Gemeinsam gingen sie vom Stadtarchiv fort. Der Rettungswagen hatte ihnen die Sicht versperrt, dunkle Schwaden aus dem Keller ließen auch so keinen Blick darauf zu, wie groß das Ausmaß der Zerstörung war. Doch so oder so, die antiken Dokumente, selbst wenn sie nicht verbrannt waren, waren ruiniert. Anna spürte, wie das Dominikanerbuch in ihrem Hosenbund von hinten gegen ihren Rücken drückte. Ein Wunder, dass die Sanitäter es nicht gefunden hatten – aber nun hatten sie zumindest das.

Sie bogen um eine Ecke und gingen die Straße wieder herab zu Antons Wagen.

»Wir legen nicht wirklich zusammen die Füße hoch, oder?«, fragte Anton.

Anna hob amüsiert eine Augenbraue. Erstaunlich, dass er das überhaupt als Option in Betracht zog. Sie schüttelte schließlich den Kopf.

»Wir haben eine Kapelle im Wald«, sagte sie. »Die wollte ich mir ansehen, und das gerade hat meine Meinung sicher nicht geändert.«

»Gut«, stimmte Anton zu. »Ich habe einen anderen Gedanken. Lorenzo hat irgendetwas in dem Archiv gesucht und, so wie er aufbrach, vermutlich auch gefunden. Vor allem aber ist er aus dem Ort gefahren.«

»Und?«

»Das bedeutet, dass sein Hotelzimmer derzeit leer ist.«

»Du willst dort einbrechen?«

»Nein«, sagte er, auch wenn sein Lächeln Zweifel an der Antwort ließ. »Aber man kann ja mal schauen, was sich vor Ort ergibt.«

Sie erreichten das Auto. Anton entriegelte es, lehnte sich aber noch einen Moment an die Fahrertür.

»Was, wenn das da unten Lorenzo war?«, fragte Anna. »Wir suchen immerhin einen Mörder.«

»Das passte von der Statur her nicht, fand ich. Zu schmal für ihn.«

»Es war dunkel und Gegenlicht kann trügerisch sein.«

»Das stimmt.« Nachdenklich blickte er zum Himmel. »Trotzdem, der Statur nach würde ich auf einen schmalen Mann, eher aber noch auf eine Frau tippen. Lydia?«

»Welchen Sinn ergäbe das?«, zweifelte Anna. Anton nickte.

»Du hast Recht, das ergibt keinen Sinn. Aber wir werden das Rätsel schon noch lösen.«

Der spätwinterliche Sonnenschein brach jäh ab und ein Blick nach oben zeigte Anna, dass der Nebel schon wieder auf dem Vormarsch war.

»Irgendwann wirst du mir aber noch verraten müssen, was dich in dieser Sache antreibt«, murmelte sie. »Und komm mir dann nicht mit dieser Geschichte von der Pflicht eines Bürgermeisters.«

»Vielleicht«, sagte er vieldeutig und schenkte ihr ein Lächeln. »Gib auf dich Acht da draußen im Wald, ja?«

»Ach.« Anna zuckte mit den Schultern. »Ich geh doch nur wandern.«

14

Das Hotel wirkte nahezu verlassen, als Anton kurze Zeit später an die Rezeption trat. Einzig der Mann hinter dem Schalter war zugegen, eine arrogant wirkende, ältliche Gestalt mit ergrauter Tonsur und Nickelbrille. Angestrengt kramte Anton in seinem Gedächtnis, aber der Name des Mannes blieb vergessen.

»Sie wünschen, Herr *Bürgermeister?*«, fragte er, und die Art, wie er den Titel betonte, machte klar, dass der Mann nicht zu seinen Wählern gehörte.

»Ich wollte einen Gast aufsuchen, bräuchte nur seine Zimmernummer«, gab Anton zurück.

Verächtlich hob sein Gegenüber hinter seiner Brille die Brauen.

»Und der Name?«

Anton stockte. »Lorenzo«, sagte er dann.

»Ist das der Vor- oder Nachname«, hakte der Mann nach.

»Vorname. Glaube ich.«

»Sie haben keinen vollen Namen ihres Bekannten, Herr Bürgermeister?«

Anton fuhr sich durch die Haare. Tatsächlich nicht. *Fra* Lorenzo hatte er gesagt, aber mehr nicht. Er wechselte den Kurs.

»Hören Sie, das hier ist das Hotel in Eschenfeld.«

»Ich bin mir der Lage meines Arbeitsplatzes bewusst, Herr —«

»Wie viele Gäste mögen sie gerade haben?«, fragte Anton. »Ach gleichgültig, selbst wenn sie ausgebucht sind, sollte es doch kein großer Akt sein, mal die Namensliste abzugleichen und zu gucken, wo der Gast wohnt, der mit Vor- *oder* Nachnamen Lorenzo heißt, oder?«

»Herr Bürgermeister«, näselte der Rezeptionist. »Wo kämen wir denn hin, wenn wir hier jedem Dahergelaufenen einfach auf Basis eines halben Namens eine Zimmernummer verraten würden?«

Seufzend ließ Anton den Mann stehen und trat nach draußen.

※

Der Nebel hatte die Dächer des hochgelegenen Hotels schon fast erreicht. Antons Gedanken wanderten zu Anna; er hoffte, dass sie wusste, was sie da draußen in den Wäldern tat. Das Unterholz konnte schon bei Dämmerung tückisch sein, zusammen mit dem Nebel aber höllisch. Und wenn sie weit genug ging, würde sie auch kein Handynetz mehr haben, um ihn oder den Rettungsdienst zu erreichen.

Er seufzte und begann, um das Haus herumzuwandern. »Fremdenzimmer« stand in altertümlicher Schrift auf einer der talwärtigen Hausseiten, während die Front von unvermeidlicher Bierwerbung geziert wurde.

Langsam folgte er einem kleinen, über die Jahre in alle Richtungen abgesackten Weg um das Gebäude, die Augen zwischen dem in trübem Licht daliegenden Tal und der Fassade wandern lassend. Neugierig blieb er stehen. Er blickte nun auf die Seite der Gästezimmer. Jedes hatte einen kleinen Balkon mit gusseisernem Geländer, bei jedem wurden die Fenster durch einen geschlossenen Rollladen verdeckt. Alle, bis auf eines.

Sollte tatsächlich kein anderer Gast im Ort sein? Möglich war es – die wenigen Touristen, die von den Feuern von weiter außerhalb angelockt wurden, blieben meist auch nicht über Nacht. Selbst wenn – einige Betten hatte das Anatolia schließlich auch zu bieten. Und das lag mitten im Ort, mit seiner urtümlichen Atmosphäre. Einige weitere würden vermutlich nachher erst mit dem Einchecken beginnen; es gab anderweitig ja keinen Grund, in Eschenfeld Urlaub zu machen. Doch wenn er Recht hatte, lag das besagte Fenster noch immer im zweiten Stock.

Anton sah sich um, wanderte mit den Augen von einen Baum – zu morsch, um ihn zu tragen – über die Müllcontainer – zu niedrig für das Fenster – hin zur Regenrinne. Das war ja fast schon *zu* klassisch.

Er trat an das rostig wirkende Metallrohr heran und zog einmal vorsichtig daran. Da bewegte sich nichts. Nach einem prüfenden Blick in beide Richtungen griff er also zu, stemmte die Füße gegen die Hauswand und begann seinen Aufstieg. Es war mühsam, die kühle Luft und das kalte Metall saugten ihm die Wärme aus den Fingern. Erst auf Höhe des ersten Stocks begann sich ein rationaler Teil in ihm zu fragen, was er eigentlich tun würde, wenn er aus dieser Höhe herabfallen würde. Sicherlich nicht aufstehen und davongehen.

Doch der Aufstieg gelang soweit und bald war er weit genug hinauf, um sich mit ausgestreckten Beinen auf den ersten Balkon zu ziehen. Der war schnell überquert, das nächste Geländer zügig überklettert und damit im Grunde der Weg frei zum zweiten Balkon, seinem Ziel.

Der Abstand zwischen beiden Balkonen war lachhaft, vielleicht ein Meter. Aber ohne Anlauf, in der Höhe und in der eisigen Kälte, wurde ihm dennoch mulmig.

Anton atmete durch. Einmal. Zweimal.

Und stieß sich beim dritten Mal ab.

Seine Schuhe glitten vom gegenüberliegenden Boden ab und er rutschte für einen kurzen, schrecklichen Moment in die Tiefe. Dann aber bekamen seine Arme das Geländer dort zu fassen und er klammerte sich daran, so fest er konnte. Hart schlug er mit den Knien gegen die Bodenkante, aber er konnte sich festkrallen, und nach einem quälenden Moment freischwebend über dem tiefen Boden, begann er, sich hinaufzuziehen.

Er hatte einen unfassbaren Lärm gemacht. Ob der Rezeptionist ihn hatte hören können, bezweifelte er, aber falls sich jemand in einem der Zimmer aufhielt, würde er gleich einiges erklären müssen.

Endlich war er hoch genug, um die Füße wieder abstellen zu können, dann schwang er sich über das Geländer und sank zunächst einmal heftig atmend daran herunter. Über den Rückweg wollte er noch gar nicht nachdenken.

Dann aber erhob er sich, trat an den Holzrahmen der Balkontüre und drückte dagegen. Nichts. Einen Moment zögerte er. Bisher war es noch alles etwas, aus dem er glaubte, sich mit Glück und Charme herausreden zu können. Alles, was er jetzt aber tun konnte, würde diese Grenze überschreiten.

Dann aber dachte er an den toten Pfarrer, an den mysteriösen *Fra*, an den Brandanschlag auf ihn und Anna, und daran, wie Anna gerade dort draußen durch den Wald irrte – und traf eine Entscheidung.

Auf dem Balkon hatte er Platz für ein wenig Anlauf und mit lautem Krachen gab die Türe beim Aufprall seiner Schulter den Weg frei ins Innere.

»Dann wollen wir doch mal sehen, welche Geheimnisse du birgst, *Fra* Lorenzo«, murmelte Anton und trat ein.

15

Annas Weg in den Wald begann im Grunde, wo ihr Treffen mit Chris geendet hatte. Zum einen ging sie nun aktiv in den Nebel hinein, den sie zuvor eher beobachtet hatte. Zum anderen stellte sich auch schnell wieder dieses unangenehme Gefühl ein, beobachtet zu werden.

Der Wald hier hatte auch bald schon nicht mehr viel mit den bereinigten Wegen zu tun, die rund um den Ort verliefen. Auch hier hatte mal ein Pfad durch das Dickicht geführt, doch war dieser lange überwuchert und oftmals bestenfalls noch zu erahnen. Die Bäume standen dichter, das Unterholz war unwegsamer, von Sträuchern und Totholz durchzogen und selbst die letzten Klänge des entfernten Verkehrs waren schon lange verklungen.

Auch das Handynetz hatte Anna schon lange verlassen. Sie war klug genug gewesen, sich die Karten vorher herunterzuladen und zumindest das GPS-Signal fand sie noch, sodass sie relativ sicher navigieren konnte, aber es nagte doch an ihr zu wissen, dass sie nun nicht mehr einfach nach Hilfe rufen konnte.

Was, wenn sie irgendwo ausglitt, oder ungünstig auftrat und sich dabei den Fuß verstauchte? Oder gar ein Bein brach? Sie versuchte nicht zu viel darüber nachzudenken. Gab es nicht jedes Jahr Berichte über Städter, die in Wäldern verschollen gingen und dann von Polizei und Feuerwehr mit viel Brimborium gesucht werden mussten?

Es war ihr wie ein guter, ja sogar ein abenteuerlicher Plan erschienen, die Kapelle aufzusuchen, aber hier, inmitten der nebelverhangenen Wipfel, kam es ihr zunehmend töricht vor. Zeichen der Zivilisation nahmen ab. Hatte sie zunächst noch gelegentlich Markierungen gesehen, mit denen wohl der Förster kranke Bäume gekennzeichnet hatte, oder auch Stapel geschnittenen Holzes, die nun zum Trocknen dort lagen, so hatten diese bereits vor einer Weile aufgehört.

Sie bemerkte auch, dass der Bewuchs selbst sich änderte. Rund um Eschenfeld fanden sich viele Kiefern und Fichten, Nadelhölzer, mit denen man aufgrund ihres schnellen Wuchses nach dem Krieg die teils gewaltigen Lücken im Wald aufgefüllt hatte. Hier aber gewannen Laubbäume die Oberhand. Manche, Birken oder Weiden, erkannte Anna noch, viele waren ihr aber fremd. Diese Bäume wirkten anders, fand sie. Sie hatten etwas Majestätisches an sich, aber auch etwas Uraltes.

Anna erschauderte. Sie konnte sich nicht dagegen wehren, sich klein zu fühlen, klein und irgendwie verloren inmitten dieser hölzernen Giganten. Daran konnte auch der Routenplaner nichts ändern.

Der Nebel wurde noch dichter. Zu dem generellen weißen Tuch, das offenbar wenige Meter um sie herum zwischen die Bäume gehängt worden war, kamen nun auch einzelne Schwaden, die – weiß vor weiß – zwischen dem Holz umherzogen.

Dann aber stockte sie doch. Vor ihr, vielleicht zehn Meter weit entfernt, hatte ein Gebüsch sich bewegt. Anna versuchte sich einzureden, dass es der Wind gewesen sei, doch das restliche Geäst lag still im Nebel. Nein, dort hatte sich etwas bewegt. Etwas, das nicht gesehen werden wollte.

Unwillkürliche musste sie an die Wölfe denken, von denen Anton berichtet hatte.

Konnte das sein?

Langsam ließ sie ihre Hand in ihre Jacke wandern. In fingerlosen Handschuhen tastete sie umher, bis sie gefunden hatte, wonach sie suchte. Vorsichtig zog sie die kalte, kleine Dose Pfefferspray hervor. Sie kam sich dennoch töricht vor.

Behutsam nähere sie sich dem Busch. Half Pfefferspray gegen Wölfe? Sie hatte einmal gelesen, dass es gegen Bären nicht half – im Gegenteil unkten manche Artikel, der Bär freue sich höchsten, dass die Beute direkt Gewürz mitbrachte.

Gab es hier auch Bären?

Aber was sollte sie sonst tun? Raubtiere wurden von der Flucht der Beute stets nur angespornt, hatte sie einmal gelesen. Laufen war also keine Option. Und einfach weitergehen, als wäre nichts gewesen, während sie dann bald ihren Rücken zur Gefahr wandte, das ging auch nicht.

Also näherte sie sich weiter, umklammerte die Dose fester und versuchte, möglichst leise zu sein. Sie atmete nur flach, auch, um ihrer Angst die Stirn zu bieten. Und sog dann doch die Luft ein, als unter ihrem nächsten Schritt ein kleines Ästchen zerbrach.

Sofort kam Bewegung in das Gebüsch – und ein aufgeschrecktes Reh hüpfte vor Annas vor Schreck geweiteten Augen ins Unterholz davon.

Erst nach einem langen Augenblick stieß sie die Luft wieder aus. Sie schalt sich eine Närrin, ließ das Pfefferspray wieder in ihrer Jacke verschwinden, überprüfte ihren Kurs auf dem Handy ein weiteres Mal und setzte ihren Weg zur Kapelle schließlich fort.

Es dauerte nicht lange, bis das Gefühl, beobachtet zu werden, zurückkam.

16

Ratlos blickte sich Anton in dem Hotelzimmer um. Er hatte den Kleiderschrank durchsucht, doch außer einer stattlichen Anzahl fein geschneiderter Anzüge hatte er darin nichts entdeckt. Er hatte das Bett abgesucht, ohne Erfolg. Er hatte unter dem Bett gesucht, ebenfalls ohne Ergebnis.

Seufzend setzte er sich auf den Holzrahmen am Fußende und ließ seinen Blick durch das Zimmer schweifen. Über der Zimmertüre hing ein kleines Kreuz mit einem recht vertrockneten Buchsbaumzweig. Das war aber wohl Hotelausstattung. Ein Wandgemälde zeigte einen röhrenden Hirsch, vermutlich das Werk eines lokalen Künstlers. Ein ziemlich moderner Flachbildfernseher wirkte vollkommen deplatziert in einem rustikalen Fernsehschrank, der sicher einmal für Röhrengeräte entworfen worden war. Ein Schafsfell diente mitten im Raum als Teppich, ansonsten dominierte dunkles Holz die Einrichtung.

Soweit aber alles, wie Anton es erwartet hatte. Doch irgendetwas musste es doch geben.

Schritte ertönten auf dem Flur. Leise schlich der Bürgermeister zur Zimmertüre und lauschte – auch wenn er nicht wusste, was er tun sollte, wenn der Geistliche nun heimkehrte. Aber es war offenbar das Hauspersonal. Er hörte, wie die Türe zum Nachbarraum geöffnet wurde. Vermutlich wurden gerade weitere Zimmer für mögliche Gäste vorbereitet.

Dennoch bedeutete das, dass Anton sich beeilen musste. Vielleicht würde das Zimmermädchen auch hier hereinschauen, um etwa das Bett aufzuschlagen, und das wäre nur unwesentlich weniger schlimm, als von Lorenzo persönlich erwischt zu werden.

Stirnrunzelnd suchte er den Raum weiter ab. Eine uralte Nachttischlampe ging an, als er an der Kordel zog, machte es aber nur unwesentlich heller als vorher. Auf dem Nachttisch lag die Zimmerbibel, wie sich das für ein gutes Hotel gehörte.

Auf einem Sideboard lagen einige Illustrierte. Falls Lorenzo aber kein unerwartetes Interesse an den Dramen europäischer Königsfamilien hatte, dann waren die wohl auch Hotelausstattung. Einen Schreibblock gab es dort, aber der *Fra* hatte darauf verzichtet, kompromittierende Nachrichten zu hinterlassen.

Es gab eine Minibar, doch die wirkte unangetastet. In einer anderen Ecke entdeckte er weitere Bücher. Zwei alte Naturkundebücher über die Tiere der Region, eine Wanderkarte und eine Ausgabe des Neuen Testaments.

Stirnrunzelnd schaut Anton erneut zu der Bibel am Nachttisch. Ein dicker Wälzer, in rotes Leinen eingebunden, mit einer Prägung an der Seite, die in goldenen Lettern »Biblia Sacra Vulgata« verkündete. Langsam trat Anton näher.

Nicht nur der lateinische Name irritierte ihn, eigentlich war schon die Dicke suspekt. Egal wie erzkatholisch die Eifel sein mochte, zwei Bibelausgaben in einem Raum erschienen ihm dann doch fragwürdig.

Langsam hob er das schwere Buch an. Volltreffer! Auf dem vorderen Buchdeckel war im gleichen Goldton ein Lilienkreuz eingeprägt. Vorsichtig schlug Anton das Buch auf, und fühlte sich weiter bestätigt, als er – in einem offenkundig einer deutlich älteren Ausgabe folgenden Faksimiledruck – den lateinischen Bibeltext vor sich sah.

Vorsichtig blätterte er in dem schon recht zerlesenen Buch herum. Überall waren Passagen angestrichen oder eingekreist, Eselsohren und Lesezeichen waren in dem

Buch untergebracht. Es hatte vier Lesebändchen und keines schien zufällig im Buch zu stecken, doch sie alle begannen schon, am Ende auszufransen. Dieses Buch war keine Deko, sein Besitzer nutzte es offenkundig mit Hingabe.

Anton schüttelte den Kopf, während er weiterblätterte. Nichts gegen ein gesundes Maß an Volksglauben, aber das hier wirkte wie von Sinnen. Doch weniger die Bibel, sondern mehr das, was an ihrem Ende eingelegt war, machte ihn wirklich neugierig. Ein ganzer Stapel Blätter war zusammengefaltet und dort eingeschoben worden.

Anton begann, das Bündel vorsichtig im Schein der Nachttischlampe durchzusehen. Es waren diverse Unterlagen, alle auf Latein. Briefe von Vater Wollseifer konnte er zumindest anhand der Unterschrift erkennen. Ein anderer Brief richtete sich offensichtlich direkt an Lorenzo, oder wie die Anrede dort verhieß, *Fra Laurentius*.

Der nächste Stapel war dicker. Offenbar ein größeres Blatt, öfters gefaltet. Behutsam, um das Werk nachher rückgängig machen zu können, faltete er das Dokument auseinander. Es war eine alte Karte der Region um Eschenfeld, handgezeichnet und ziemlich detailliert. Ein Bereich darauf war eingekreist, eine Stelle darin angekreuzt. »Aedicula« stand handschriftlich daran – ein Wort, das Anton aus dem Stadtarchiv kannte. Eine Kapelle!

Lorenzo kannte also die Lage der alten Kirche im Wald! Jenen Ort, an den Anna gerade wanderte, ohne Handyempfang oder eine andere Chance, sie zu warnen!

Zu allem Überfluss hörte Anton wieder Schritte auf dem Flur, gefolgt vom Klappern eines Schlüssels im Schloss dieses Zimmers.

Der Bürgermeister verwarf seinen Plan, die Spuren seines Einbruchs rückgängig zu machen, raffte stattdessen alle Hinweise eilig zusammen und eilte hinaus auf den Balkon, nur Bruchteile, bevor die Zimmertüre sich öffnete.

17

Es begann, dunkel zu werden. Anna nestelte eine Taschenlampe aus ihrer Jacke hervor, allerdings schien es ihr, als würde der Lichtkegel entlang der Bäume mehr Schatten als Helligkeit spenden. Doch unbeirrbar stapfte sie weiter.

Mittlerweile hatte sie auch einen Teil des GPS-Signals eingebüßt, doch sie war sich sicher, die alte Kirche musste ganz in der Nähe sein. Sie leuchtete nach links, nach rechts, doch auch wenn der Himmel sich jenseits der Bäume im Nebel noch aschgrau aus der Finsternis abhob, war es zunehmend schwer, irgendetwas auszumachen. Irgendwo im Dunkeln raschelte es, irgendwo anders rief ein Kauz. Doch nichts deutete auf die Kirche hin.

Genervt schaute sie erneut auf das Handy, aber das zuvor grüne GPS-Symbol leuchtete weiterhin gelb. Das würde ihr nun nicht mehr helfen – zumal sie ja ohnehin keine präzisen Koordinaten hatte. Sie hatte zwar auf einem Satellitenbild etwas gesehen, was das Dach einer Kirche sein könnte, aber das konnte auch Wunschdenken sein.

Noch geblendet vom hellen Schein des Displays ging sie weiter – und stolperte. Irritiert leuchtete sie das Laub am Boden ab. Vor ihr ragte ein Grabstein auf. Alt, überwuchert, und falls er einst beschriftet gewesen war, so war doch davon heute nichts mehr zu erkennen. Je länger sie aber schaute, desto mehr Gräber konnte sie ausmachen. Nicht so geordnet wie auf einem modernen Friedhof, aber kein Zweifel, dies war ein alter Friedhof.

Etwas entfernt konnte sie ein Kreuz erahnen, das zwischen zwei Bäumen aufragte. Eine Inschrift war am Sockel zu erkennen – und jagte ihr einen Schauer über den Rücken.

»Geh nicht vorüber ohne Gebet«, las Anna laut vor. »Bald bist du unser.«

Sie schnaubte, sah sich erneut um, blickte in das sie umgebende Dunkel, als rechne sie jeden Moment mit einem Angriff.

Stattdessen erblickte sie etwas anderes im Kegel ihrer Lampe. Zunächst glaubte sie, einen Holzscheit dort liegen zu sehen, doch dann begriff sie, was es wirklich war. Es war eine alte, morsche Treppenstufe. Freudig stieß sie ihren Atem aus, der sich als weiße Wölkchen durch ihren Lichtkegel wälzte, und leuchtete den Hang neben ihr hinauf. Tatsächlich, dort waren weitere Stufen. Sie folgte diesem Pfad und direkt über ihr, vom Nebel schon halb verborgen, ragte ein Gebäude auf.

Anna begann den Aufstieg. Die Treppe war trügerisch, die Stufen faul und zudem rutschig durch das Laub, aber vorsichtig kam sie immer weiter voran. Schließlich erreichte sie einen kleinen Sockel oberhalb und stand vor einem halb verfallenen Kirchentor. Das Gebäude war kaum auszumachen, ihre Lampe schien irgendwie mehr Schatten zu erzeugen als Helligkeit zu spenden, aber kein Zweifel – dies war die Kapelle, die sie suchte. Ein Versuch, das Tor leise zu öffnen, war vergebens, also stemmte sie sich mit ihrer Schulter dagegen und drückte. Quietschend bewegte sich die Pforte, knarrend gab das Tor den Weg frei und vor ihr erstreckte sich im kalten Glanz ihrer Taschenlampe ein uraltes, verlassenes Kirchenschiff.

Zwei Bankreihen, weitgehend verfallen, standen zusammengesunken an beiden Seiten, der modrige, mit Wasser vollgesogene Überrest eines roten Teppich säumte den Weg nach vorne. Dort erhob sich ein kleiner Altar, jedoch ohne

Kreuz oder andere Zeichen. Einige der Bodenplatten waren offenbar über die lange Zeit in Bewegung geraten und schwarzer, zäher Schlamm war dazwischen hindurchgesickert. Hinter dem Altar ragte ein lebensgroßes Kreuz auf und ein morsches Abbild Jesu hing dort. Aus einem verblassten Gesicht blickten sie verlaufene Augen unter einer rostigen Dornenkrone an.

Fenster besaß die Kirche keine, allerdings zwei stark verblaßte Wandbilder. Das linke zeigte erneut die Abbildung von Thron und Altar, das rechte dieses Lazarusbild, wie sie es beides aus der neuen Kirche in Eschenfeld auch kannte. Langsam ging Anna, mit schmatzenden Schritten ihrer schweren Wanderschuhe auf dem aufgeweichten Teppich, darauf zu.

Dies war also die alte Kirche. Warum aber war sie wichtig? War sie wichtig?

Bisher war sich Anna sicher gewesen, dass der Brandanschlag im Archiv vielleicht ihnen, sicher aber den Dokumenten zur alten Kirche gegolten haben musste. Nun jedoch, wo sie hier stand, begann sie zu zweifeln. Was sollte hier liegen, in diesem verfallenen Gemäuer, das so wichtig war?

Ein Tropfen fiel in ihren Nacken. Langsam leuchtete sie hinauf und blickte durch einen zerborstenen Dachstuhl hinaus in den nebelverhangenen Abendhimmel. Wenige Jahre, vermutete sie, dann würde das Dach von selbst herunterkommen und endgültig zerschmettern, was von der Kirche bisher geblieben war.

Jemand räusperte sich hinter ihr.

Anna fuhr herum, die Taschenlampe weiter in der Linken, das Pfefferspray erneut in der Rechten. Zugleich wich sie zwei, drei Schritte in die Kirche hinein, bereit sich zu verteidigen. Der Eindringling aber stand unbewegt in der Türe, die Hände beschwichtigend erhoben.

»Bitte nicht, *Signorina*«, sagte der Fremde und trat ein.

»Sie!«, entfuhr es Anna.

Fra Lorenzo hob beschwichtigend die Arme.

»Ich bin ein Freund.«

»Das würde ich an ihrer Stelle auch sagen!«, fauchte Anna und drohte mit dem Pfefferspray. »Sind Sie hier, um mich umzubringen? Um zu beenden, was Ihnen mit dem Brand im Archiv nicht gelungen ist?«

Der *Fra* zögerte. »Das mit dem Archiv ist bedauerlich.«

»Weil wir leben?«

»*Signorina*, nein. Wegen der Unterlagen, der Dokumente. Es waren wertvolle Zeitzeugnisse. Ein Raub der Flammen, sagen Sie?«

»Gut, angenommen ich glaube Ihnen«, knurrte Anna und ignorierte seine Frage, »was machen Sie dann hier?«

»Das Gleiche wie Sie, nehme ich an. Ich möchte der Sache auf den Grund gehen.«

Anna zögerte. »Beweisen Sie es mir.«

Lorenzo trat auf sie zu. Anna überlegte, das Spray auszulösen, doch sie zögerte. Dann war der Geistliche bereits an sie herangetreten, ging jedoch weiter an ihr vorbei und deutete, mit mehr als einer gewissen Theatralik, auf die beiden Wandgemälde.

»Wissen Sie, was Sie hier sehen?«

»Den heiligen Stuhl und eine Darstellung Lazarus'?«, mutmaßte sie. Lorenzo drehte sich zu ihr um, lächelte – was im Lampenschein gespenstisch wirkte mit seinem markanten Zügen – und schüttelte den Kopf.

»Was dann?«

»Die Eschenfelder, *Signorina* Sperber, waren einst Wiedertäufer.«

»Wiedertäufer?«, echote sie.

»Eine Sekte, die im 16. Jahrhundert in vielen Bereichen der Eifel Fuß fasste. Es gab sie im Monschauer Raum, im

Gebiet um die Stadt Schleiden, sowie an zahlreichen anderen Orten. Und sie machten sich schnell Feinde. Der Altar dort auf dem Gemälde,« erklärt er und deutete erneut darauf, »er steht tatsächlich für die Kirche. Der Thron aber ist nicht der Heilige Stuhl, er symbolisiert die weltliche Herrschaft. Die Wiedertäufer traten für eine Trennung von Kirche und Staat ein.«

Anna senkte das Pfefferspray und runzelte irritiert die Stirn. Lorenzo fuhr fort.

»Das andere Bild ist keine Lazarusdarstellung, wenngleich ich verstehe, wie man das denken kann. Es zeigt vielmehr eine Erwachsenentaufe.«

»Eine was?«

»Die Wiedertäufer waren eine reformatorische Bewegung. Manche würden sie aufrührerisch oder kommunistisch nennen. Sie lehnten die Säuglingstaufe ab und tauften stattdessen die Erwachsenen. Unnötig zu sagen, dass sie sich damit auch die anderen Christen schnell zum Feind machten.«

Er begann, das Kirchenschiff entlang weiter zum Altar zu schreiten und Anna folgte ihm nun. »Wurden sie geächtet?«

»Je nach Region mehr oder weniger«, sagte Lorenzo. »Aber ja, im 17. Jahrhundert waren sie irgendwann so gut wie ausgerottet. Wie es ihre Abbildungen nicht nur nach hier, sondern auch in die neue Kirche in Eschenfeld geschafft haben, das wird wohl ein Rätsel der Geschichte bleiben müssen. Wir jedenfalls wissen es nicht.«

»Und was haben Sie damit zu tun?«, hakte Anna nach, während Lorenzo mit einem bestimmten Schritt zum Altar hinauf trat, ihn umrundete und sich an etwas, was dahinter verborgen war, zu schaffen machte.

»Ehrlich gesagt bis vor kurzem wenig. Dem Heiligen Vater ist der Osterbrauch im Ort wichtig, nicht zuletzt wegen seiner ursprünglichen, historischen Bedeutung.«

»Yves de Bures und die Hexenverbrennung.«

»Sie wissen davon?« Lorenzo wirkte nicht erschrocken, aber erstaunt. Vielleicht beeindruckt. Für einen Moment blickte er sie neugierig an, dann fingerte er weiter hinter dem Altar herum. »Thea Krahforst hieß die Frau, die im Feuer den Tod fand. De Bures selbst war Dominikaner und so hat unser Orden die Aufgabe erhalten, diesen Brauch zu pflegen.«

»War Wollseifer Dominikaner?«

»Selbstverständlich.«

»Aber er ist erst dann auf die Bedeutung der Buntglasfenster gestoßen?«

»So ist es. Jüngst erst. Und er verständigte den Vatikan, jedoch nur kurze Zeit, bevor er starb und einen Großteil seiner Funde offenbar mit in den Tod nahm. Ein Rätsel, das nun an uns ist zu lösen.«

»An uns?«, fragte Anna, doch statt eine Antwort zu geben, gelang es Lorenzo offenbar endlich, quietschend zu öffnen, woran er dort gearbeitet hatte. Triumphierend erhob er sich und präsentierte ihr einen angelaufenen, aber offenbar sehr kunstvoll gestalteten Metallbecher.

»Der Taufkelch der alten Gemeinde der *Brüder in Christo*, wie sie sich nannten.«

»Glauben Sie an all das?«, fragte Anna zögerlich, unsicher.

»Für jeden von uns, *Signorina*, kommt irgendwann im Leben der Moment, an dem wir uns entscheiden müssen zu glauben, oder nicht.«

Anna wollte mehr fragen, als draußen das Heulen eines einzelnen Wolfes erklang. Ein Augenblick verging, dann stimmten weitere in offenbar größerer Ferne ein.

Sofort kam Bewegung in Lorenzo. Er ergriff Anna im Vorbeigehen an der Jacke und begann, sie zum Ausgang zu zerren.

»Kommen Sie«, wies er sie über ihre Proteste hinweg an. »Uns bleibt nicht viel Zeit!«

18

Frustriert blickte Anton erneut auf sein Handy. Das Hotel war hinter ihm im Nebel verschwunden und zu seinem Auto hatte er es unbemerkt geschafft, aber sein Versuch, Anna zu warnen, war bisher gescheitert. Er überlegte einen Moment, warf dann die Unterlagen aus dem Zimmer erst einmal in den Fußraum der Beifahrerseite und trat zurück zur Straße. Aber eigentlich war das Unsinn, er hatte ja Empfang, nur Anna nicht.

Er trat an die Fahrbahn, drückte erneut die Wahlwiederholung, hielt sich das Gerät zunächst ans Ohr und dann mit verzerrtem Gesicht davon fort, als das Handy mit schrillem Pfeifen vermeldete: »Anruf fehlgeschlagen«.

Verärgert stieß Anton die Luft aus. Ein Auto näherte sich hörbar im Nebel und er trat erneut vom Fahrbahnrand weg. Direkt im Anschluss verfluchte er, nicht weiter in den Nebel getreten zu sein, denn aus den Schwaden schälte sich der Streifenwagen des Ortes. Erich rollte neben ihm aus und senkte dabei das Fahrerfenster.

»Herr Bürgermeister«, wunderte er sich, »was machen Sie denn hier?«

»Ich …« Anton zögerte. »Ich suche Netz.«

»Ja, so ist's auf dem Land«, lächelte der Polizist, offenbar von seiner Frage fortgelenkt.

»Und Sie?«, fragte Anton nach.

»Ich war auf dem Weg zum Herrn Menghelli. Ich wollte mit unserem italienischen Gast noch persönlich sprechen.«

Einen Moment dachte Erich nach, dann verengte er seine Augen. »Sagen Sie, Herr Bürgermeister, Sie sind aber nicht hier in der Ecke, weil sie selber weiter Ihre Nase in die Angelegenheit stecken wollen, oder?«

In gespielter Entrüstung schüttelte Anton den Kopf. »Nein, nicht doch, der Zwischenfall im Archiv hat mir gereicht.«

»Das will ich auch meinen.« Prüfend blickte der Polizist den Bürgermeister an. »Ich würde es ungern sehen, wenn der erste Eindruck unseres Gastes der ist, dass Sie ihn bespitzeln.«

»Natürlich, das wäre mir auch sehr unangenehm.« Anton beschloss das Thema zu wechseln. »Gibt es eigentlich Neuigkeiten wegen des verschwundenen Mädchens? Lydia?«

Erich schüttelte bedauernd den Kopf. »Leider nein, die ist weiter weg. Ich weiß auch nicht, was hier gerade im Ort los ist, damit sind schon zwei Frauen verschwunden.«

»Zwei?«

»Ja, ach stimmt, das wissen Sie ja noch nicht so richtig. Wir haben heute die Angehörigen und bekannten Freunde von Inga Borchert abtelefoniert.«

»Die Haushälterin aus dem Pfarrhaus?«

»Genau die. Und nix. Die ist auch wie vom Erdboden verschluckt, ähnlich wie die arme Lydia. Ist auch was, was ich dem Herrn Menghelli noch sagen muss.«

»Dann auf«, scheuchte Anton. »Ich mache mich jetzt auch auf den Heimweg.«

Erneut musterte der Polizist den Bürgermeister mit diesem zweifelnden Blick, dann nickte er an Anton vorbei zum gerade noch im Nebel erkennbaren, geparkten Wagen hinter ihnen.

»Ihrer?«

»Ja, das ist meiner.«

»Abgeschlossen?«

»Ja. Warum?«, wunderte sich Anton.

»Weil ich Sie dann jetzt nach Hause fahre.«

»Das ist wirklich nicht …«

»Keine Widerworte, noch bitte ich Sie. Ich will nicht, dass sie mir hier irgendeinen Unfug machen nach den aufregenden Tagen. Das ist doch kein Zufall, dass Sie hier in der Nähe des Hotels herumlungern.«

Anton war fassungslos, rang nach Worten, aber fand zunächst keine. Teil des Problems war dabei durchaus, dass Erich nicht Unrecht hatte. »Was … was ist mit meinem Wagen?«

»Dem tut über Nacht schon keiner was.«

»Und wie bekomme ich den wieder?«

»Ich hole Sie morgen früh daheim ab, wenn Sie sich über Nacht ein wenig beruhigen konnten.«

»Aber ich bin ruhig!«

»Genau. Dann fahre ich Sie wieder her und Sie können machen, was immer Sie wollen. Aber ich lasse Sie hier nicht planlos im Nebel herumeiern.«

Antons Blick fiel auf sein Handy. Noch immer kein Netz. Flehend schaute er zu Erich, doch der öffnete nur demonstrativ die Beifahrertüre.

»Nun steigen Sie ein. Sie dürfen sogar vorne sitzen.«

Einen letzten, suchenden Blick richtete Anton zu seinem Wagen. Dort, im Fußraum, lagen noch immer Lorenzos Unterlagen. Aber er konnte Sie nun schlecht vor Erichs Augen holen gehen. Also seufzte er, stieg unter dem gönnerhaften Blick des Dorfpolizisten auf den Beifahrersitz und fügte sich seinem Schicksal.

19

Lorenzo rannte durch den Wald, als könne er in der Dunkelheit sehen. Mit weiten, ausladenden Schritten setzte er die marode Treppe unterhalb der Kapelle herab, ließ den alten Friedhof links liegen und schlug danach völlig sicher einen Weg durch das Unterholz ein. Anna war sich nicht sicher weshalb eigentlich, aber sie folgte ihm, auch wenn er seinen Klammergriff außerhalb der Kirche wieder gelockert hatte.

Einmal blieb sie stehen, blickte zurück zu der nun bereits von Schwaden verborgenen Kirche und lauschte. Kein Wolf war mehr zu hören. Hatten sie sich das alles nur eingebildet?

Urplötzlich tauchte Lorenzo neben ihr wieder auf und rüttelte an ihrer Schulter.

»Kommen Sie doch«, drängte er, und es kam ihr vor, als würde sich sein italienischer Akzent in der Aufregung stärker nach vorne drängen.

»Aber warum denn?«, wollte sie wissen, doch der Geistliche eilte schon wieder los.

»Die Wölfe sind nicht unsere Freunde«, rief er noch, doch eine Erklärung blieb er ihr schuldig. Sie seufzte genervt, aber sie folgte ihm. Was hatte sie schon zu verlieren?

Der Weg, den er nahm, war nicht der, den sie gekommen war, aber schnell ahnte Anna, dass es eine bessere Route war. Zwar mussten sie hier und da einige vor Laub unsichere Steigungen überwinden, doch sie verloren weit schneller an Höhe, als ihr Hinweg es erlaubt hätte. Sie würden so deutlich schneller wieder in Eschenfeld sein – wenn das denn ihr Ziel war. Sie überquerten eine Lichtung und für einen Moment drang der Mond durch die dicken Schwaden. Anna blieb schnaufend stehen, schaute einen Augenblick fasziniert zu der hellen, weißen Scheibe über ihnen und wollte Lorenzo gerade bitten, doch stehenzubleiben, als sie etwas von der Seite anrempelte und umrannte.

Es war kein Wolf, das war ihr sofort klar. Wölfe stanken nicht nach Bier. Hart schlug sie auf dem Boden auf, großteilig auf weichem Laub, doch mit dem Rücken zugleich auf einer knorrigen Wurzel. Es presste ihr die Luft aus den Lungen, Taschenlampe und Pfefferspray entglitten ihr. Sie schlug blindlings in die Richtung des Gewichts auf ihr und traf jemanden, hörte das schmerzverzerrte Grunzen eines Mannes.

Ein Faustschlag kam zur Antwort, traf sie nicht richtig, reichte aber, um ihren Kopf erneut zurück und auf den Boden zu schlagen. Anna kämpfte gegen die Sterne vor ihren Augen an.

Kräftige Hände packten sie an den Schultern und zogen sie hoch, stießen sie gegen einen Baum. Sofort war ihr erster Angreifer wieder bei ihr, griff ihr an die Brust und stieß seinen fauligen Bieratem in ihr Gesicht. Endlich hatte sie sich genug gesammelt, um die Lage zu erfassen.

Vier waren es. Der kahlgeschorene Kerl direkt vor ihr sah aus, als hätte er schon mehr Prügel kassiert als eingesteckt. Ein hageres Elend stand in einigem Abstand und sah zu. Die kräftigen Hände hatten einem Muskelberg mit Schnauzbart gehört, und etwas seitlich von ihr stand ein vierter Bursche, irgendwie halbseiden, mit Seitenscheitel. Ihnen allen gemein waren die Springerstiefel und Bomberjacken, die man so eindeutig mit Neonazis verband. Nicht die modernen Populisten, sondern grobe Schläger der alten Schule.

»Dass is' die Nutte!«, knurrte der Kerl mit Seitenscheitel.

»Bist'e sicher?«, fragte der Muskelprotz.

»Klar, hab 'se mehrfach mit dem Bürgermeister im Ort gesehen.«

»Na, was meinste«, schnurrte der Kahlgeschorene vor ihr, »willste mal richtige Männer sehen?« Erneut fuhren seine Finger über sie hinweg.

Anna langte zu. Diesmal sah sie, wohin sie schlug, und traf. Hart prallte ihre Faust aufs Auge des Kahlgeschorenen, der erst einmal zurücktaumelte. Doch der Muskelprotz verzog zornig seinen Schnurrbart und stieß sie erneut gegen den Baum. »He!«

Plötzlich tauchte Lorenzo aus dem Nebel auf, einen schweren Ast in der Hand. Er schlug zu, traf das hagere Elend hart am Kopf und schickte ihn mit einem lauten Knacken zu Boden. Ob das Holz oder der Schädel geknackt hatten, Anna war sich unsicher. Sie nutzte die Ablenkung des Muskelbergs, um von dem Baum wegzukommen, tauchte unter seinem Arm durch und zog sich auf die freie Lichtung zurück.

Der Kahlgeschorene war an Lorenzo heran. Der *Fra* schlug erneut zu, aber er war kein Kämpfer. Ohne die Überraschung als Verbündeten fing der Neonazi den Hieb ab und schlug seinem Gegner erst in den Magen, dann ins Gesicht.

Lorenzo ging zu Boden, doch war er schnell. Er rollte ein Stück seitwärts, kam taumelnd auf die Beine und wich so, vermutlich mehr aus Glück, auch einem Tritt aus, den der Muskelprotz ihm nachgeschickt hatte. Der Seitenscheitel zog derweil ihren vierten Mann wieder auf die Füße.

Anna nickte Lorenzo dankend zu und gemeinsam zogen sie sich langsam über die Lichtung zurück. Doch die Neonazis folgten ihnen. Sie fächerten ein wenig auf, versuchten offenbar, sie in die Zange zu nehmen.

»Ideen?«, fragte Lorenzo leise, doch Anna schüttelte den Kopf. Sehnsüchtig blickte sie zu ihren Sachen, die nun von ihr aus hinter den Angreifern lagen. Das Pfefferspray würde gegen vier Leute eh nicht helfen, das Metallgehäuse der Taschenlampe dagegen wäre eine andere Sache. Lorenzo hatte den Messkelch in die rechte Hand genommen, doch auch der sah nicht aus, als wäre er eine gute Schlagwaffe.

»Das is' doch kein Kerl für dich!«, krakelte der Kahlgeschorene.

»Hau ab, Pfaffe«, mischte sich nun auch der Kerl mit Seitenscheitel ein. »Musst dir nichts tun heute Nacht. Wir hab'n keinen Stress mit Gott, wir wollen nur die Schlampe.«

Anna blickte zu Lorenzo, doch der machte keine Anstalten zu laufen. Sie war dankbar, auch wenn ihr klar war, dass er auch nichts ändern konnte.

»Ich tu' dir nich' weh!«, höhnte der Kahlgeschorene. Die anderen lachten.

»Na klar«, konterte Anna nun. »Wie Lydia, hm?«

Es kam ihr vor, als stockten die vier kurz.

»Das war'n w'r nicht«, gab das hagere Elend dann zu.

»Ach komm«, sagte Anna.

»Echt nich'«, bestätigte der Muskelprotz.

»Schad' eigentlich!«, lachte nun der Kahlgeschorene.

In dem Moment tauchten die Wölfe auf. Die vier hatten sie offenbar vorher nicht bemerkt, Anna und Lorenzo waren ebenso überrascht. Wie Schatten tauchten sie knurrend aus dem Nebel auf, warfen sich geifernd in die Menge. Ein Wolf hastete auch auf den *Fra* zu, doch als dieser zur Verteidigung den Kelch hob, wich der Wolf winselnd zurück.

Anna hatte kein Interesse, die Situation näher zu ergründen. Nun war sie es, die Lorenzo am Ärmel packte und zu laufen begann. Anders als der Geistliche vorhin hatte sie keinen Plan, keine Route. Nur talwärts, und weg von den Wölfen, die gerade über die Neonazis herfielen.

Knurren und Schreie folgten ihnen noch weit, weit durch den Nebel.

20

Anton stellte die beiden Eimer mit Feuerholz ab, wandte sich sofort der Hintertür zu und verriegelte sie gründlich. Der Wald hinter seinem Haus hatte etwas bedrohliches angenommen in den letzten zwei Tagen. Er hatte auch heute wieder Wölfe heulen gehört, wenn auch in der Ferne, und war in Gedanken bei Anna im Wald.

Er blickte noch eine Weile in die Schwärze der Nacht und zog sich dann mit dem Holz in den Wohnraum zurück. Es war schwer genug, das eine Zimmer auf einer gemütlichen Temperatur zu halten, auch ohne dass er die Zwischentüren einfach offen ließ.

Noch immer verfluchte er Erich in seinen Gedanken. Sicher, der Polizist meinte es gut. Im Grunde hatte er ja sogar Recht gehabt, abgesehen von der Tatsache, dass Anton nicht einbrechen wollte, sondern es schon getan hatte. Nun aber stand sein Auto am anderen Ende von Eschenfeld und Lorenzos Unterlagen lagen noch immer dort im Fußraum. An jedem anderen Tag hätte er Erichs Maßnahme verlacht und wäre vielleicht sogar jetzt noch zu Fuß losgezogen, um das Auto zu holen. Er wohnte zwar abseits, aber in einer Stunde wäre er schon wieder im Ort angekommen, auch bei Nacht.

Doch Anton hatte Angst vor den Wölfen. Er gab es sich selbst gegenüber ungern zu, aber er hatte Angst und wenn doch nur endlich Anna schreiben würde, dass sie wohlbehalten zurück war, würde er sich in sein Bett zurückziehen und auf den Tag warten.

Was geschah nur gerade mit ihrem kleinen Ort? Innerhalb von derart kurzer Zeit war aus einem zänkischen Eifelnest eine dubiose Siedlung geworden, in der innerhalb von nicht mal 48 Stunden zwei Brände gelegt wurden und zwei Frauen verschwanden. Drei, wenn sich Anna nicht bald meldete. Unsicher blickte er erneut aufs Handy.

Nichts.

Er legte Holz nach, stellte sicher, dass der Ofen gut zog und wollte gerade zu seinem Sofa gehen, als es laut gegen seine Türe schlug. Einmal. Zweimal. Antons Hand wanderte schon zum Schürhaken, als Annas vertraute Stimme vor der Türe ertönte:

»Anton, mach auf!«

Freudig legte er den Schürhaken zurück, eilte zur Türe, entriegelte die Kette, öffnete das Schloss – und stockte, als Anna nicht allein vor der Türe stand.

»Sie!«, fuhr er Lorenzo an, doch der Geistliche hob gleich abwehrend die Hand.

»Er gehört zu uns«, beschwichtigte ihn Anna. »Glaube ich.«

Anton blickte dem *Fra* einen langen Moment in die Augen, doch was sollte er machen? »Kommen Sie rein«, bat er.

Gemeinsam machten sie es sich im Wohnzimmer bequem. Lorenzo nahm auf einem Hocker direkt am Ofen Platz, Anna setzte sich mit Anton auf die Couch und begann dann in schnellen, aufregten Worten zu berichten, was geschehen war. Den Großteil ihres Berichtes schaffte sie routiniert, bei dem Übergriff der Neonazis aber begann ihre Stimme zu brechen. Anton blickte ratlos zu Lorenzo und legte dann unbeholfen seine Hand auf Annas Schulter.

»Hier bist du nun sicher«, meinte er dann.

»Zumindest für den Augenblick«, stimmte Lorenzo zu.

Anton sah fragend zu ihm.

»Ein Unheil braut sich über dem Ort hier zusammen«, erklärte der daraufhin. »Was bisher geschah, es ist höchstens die Spitze des Eisbergs. Ich weiß auch noch nicht, was es ist, aber das Feuer und die Wolfsangriffe, das ist kein Zufall.«

Anton schüttelte unwirsch den Kopf. »Ich bin ja bereit zu glauben, dass hier was nicht stimmt. Dass jemand Brände legt ist keine Frage. Dass jemand versucht hat, Anna und mich zu töten auch nicht. Und dass das irgendwie mit Wollseifer und seinen Nachforschungen zu tun hat lasse ich auch gelten. Aber die Wölfe? Wie soll das gehen? Der Fluch der Hexe?«

Anton lachte, doch niemand stimmte ein. Anna schüttelte stattdessen den Kopf.

»Du warst nicht dabei«, sagte sie.

»Sie haben die Wölfe hinter dem Pfarrhaus doch auch gesehen«, betonte Lorenzo.

»Zufall«, gab Anton zurück.

»Und das mit dem Kelch? Dass die Wölfe zurückgewichen sind, als Lorenzo ihn hob?«

»Zufall«, wiederholte Anton, doch fand er selbst, dass es hohler klang als zuvor.

»Egal wie«, lenkte Anna ein, »ich denke wir haben ein gemeinsames Ziel. Wir wollen wissen, was hier vor sich geht. Wer den Herrn Pfarrer umgebracht hat. Was mit Lydia passiert ist.«

»Und wo Inga Borchert ist«, ergänzte Anton und berichtete darauf kurz, was er von Erich gehört hatte.

»Wir *haben* ein gemeinsames Ziel«, stimmte Lorenzo zu. »Wollen wir zusammenarbeiten?«

Anton blickte ins prasselnde Feuer des Ofens. Was hatte er schon zu verlieren? Selbst wenn der Geistliche glaubte, dass das Übernatürliche hier umging, ein weiterer Mann Hilfe würde nicht schaden. Er sog tief Luft ein, dann nickte er. Er blickte zu Anna, die ebenfalls nickte.

Lorenzo erhob sich. »Hervorragend«, sagte er und machte sich auf den Weg zur Tür.

»Wo wollen Sie hin?«, fragte Anna.

»Ins Hotel zurück.«

»Mit den Wölfen da draußen?«, entfuhr es der Reporterin.

»Bleiben Sie über Nacht«, schloss sich Anton an. »Wir haben unser Bündnis nicht geschmiedet, damit Sie nun auf dem Weg zurück von Wölfen oder Neonazis aufgelesen werden. Sie können mein Bett haben.«

»Das ist höchst zuvorkommend«, dankte Lorenzo. »Ich würde mich dann aber auch gerne zur Ruhe begeben.«

Anton zeigte ihm kurz das Zimmer, erklärte ihm, wo er alles Nötige finden würde und zog sich dann zurück. In der Türe drehte er sich noch mal um und räusperte sich.

»Sagen Sie, Lorenzo, sind Sie nach dem Heiligen Laurentius benannt?«

Er konnte ihn schließlich nicht offen nach den privaten, lateinischen Unterlagen fragen, die er bei ihm gefunden hatte.

»*Si*«, bestätigte sein Gast. »Er ist mein Namenspate.«

»Wofür steht der Heilige Laurentius?«

Lorenzo lachte. »Er ist der *patrono* derer, die im Beruf mit offenem Feuer arbeiten.«

»Sie veralbern mich.

»Nein, *signor*, wirklich. Feuerwehrleute, Bäcker, Köche.«

Anton schüttelte den Kopf.

»Gute Nacht«, sagte er noch, dann ließ er den Geistlichen alleine.

Anna schaute sich gerade einige der Fotos an der Wand neben dem Kamin an, als er wieder ins Wohnzimmer eintrat, und sah dann fragend zu ihm.

»Du nimmst das Sofa«, erklärte er, ihre Frage ahnend.

»Und du?«

»Den Läufer vor dem Ofen. Da ist ist es schön warm.«

»Das kommt überhaupt nicht in Frage.«

»Keine Widerworte«, gab er schwach zurück. Anna forcierte die Diskussion zum Glück nicht. Stattdessen wechselte sie das Thema und deutete auf eines der Fotos.

»Wer ist das?«, fragte sie.

Es war offenkundig ein altes Foto, irgendwann kurz nach dem Krieg aufgenommen. Der Schnee lag hoch, reichte auch den Erwachsenen darauf bis über die Knie. Eine Familie, zwei Erwachsene, drei Kinder. Ärmlich gekleidet mit wenig Hab und Gut standen sie vor einer Art Hof.

Anton lächelte selig.

»Das sind meine Großeltern, 1946. Das Gebäude dort ist die *Baraque Rémy*, eine alte Poststation im Venn. Man hatte sie dort untergebracht, bevor ihnen ein endgültiger Wohnort zugewiesen werden konnte.«

»Ihr seid nicht von hier?«

»›Nicht von hier‹, das haben sie oft gehört. Nein, wir waren Flüchtlinge. Die Erwachsenen, das sind meine Großeltern. Das Mädchen dort, das ist meine Mutter, damals gerade zwei Jahre alt.«

»Es ist schwer als Außenstehender in der Eifel, oder?«

»Sie waren nie Teil des Ortes, meine Eltern ebensowenig«, stimmte Anton zu.

»Bist du darum, wer du bist?«, fragte sie. Anton sah sie fragend an und sie erklärte sich: »Nun, das mit dem Bürgermeister, obwohl dich hier alle anfeinden. Setzt dich für den Ort ein, riskierst deine Haut für das Rätsel des Pfarrers, das meine ich. Darum?«

»Vielleicht«, gab er zu. »Es spielt eine Rolle, ja.«

Sie schaute sich weiter die Fotos an und rieb sich fragend über die ausrasierte Schläfe. »Wie genau bist du Bürgermeister geworden?«

»Ich war gerade erst zurück in die Eifel gekommen und ein alter Bekannter hat mich an einem bierseligen Abend überredet, mich aufstellen zu lassen.«

»Zurück von wo? Warst du irgendwann aus dem goldenen Käfig der Landidylle ausgebrochen und bist nach mehr als ein, zwei Wochen geläutert wiedergekommen?«

Anton lachte bitter.

»Ich wünschte es. Nein, ich war Berufssoldat. Ich denke zurückblickend vor allem, um meinem alten Herrn zu imponieren. Ich hab's mehr oder weniger gehasst, aber für meinen Vater steckte da alles drin, was er sich wünschen konnte – und es war natürlich ein Tor hinaus in die Welt. Na ja. Immerhin habe ich dort offenbar gelernt, wie man erfolgreich Neonazis verprügelt.«

Sie lachte. Die Neugier wich aber nicht aus ihrem Gesicht. Anton fuhr fort.

»Ich hatte nicht geglaubt, dass ich es werden könne. Aber plötzlich waren die nötigen Unterschriften gesammelt und ich hatte meinen Platz auf der Wahlliste. Und wie ich schon sagte, ich war ein Protestkandidat. Die Vorgänger waren so desolat, dass das Dorf, glaube ich, mit mir mal ein richtiges Exempel statuieren wollte. Sie haben nicht mich gewählt. Sie haben nur den anderen abgewählt.«

»Du bist der Donald Trump von Eschenfeld?«, lachte sie.

»Wenn du so willst.« Anton stierte sie finster an, konnte sich das Lächeln aber nicht ganz verkneifen. Nun blickte sie ihn auch direkt an. Ihre Augen funkelten im Kaminschein.

»Ich denke, sie haben eine gute Wahl getroffen, Anton.«

Er erwiderte ihren Blick einen langen Moment.

»Danke«, sagte er schließlich.

Dann löste er sich aus dem Gespräch, holte noch weitere Decken für Anna und sich und schließlich machten sie es sich beide im Wohnzimmer bequem. Mit unruhigen Gedanken und dem Blick direkt ins Feuer schlief Anton schließlich irgendwann ein.

Asche

Ostersonntag.

21

Anton erwachte, als habe er im Koma gelegen. Nur ganz langsam kam sein Bewusstsein zu ihm zurück. Sein Blick war noch immer auf den Ofen gerichtet, in dem das Feuer über Nacht zu einer letzten, schwelenden Glut verkommen war. Es war bereits hell, und das endlose Weiß, das sich vor seinem Fenster erstreckte, ließ ihn bereits ahnen, dass der Nebel nicht vergangen war.

Dann kam der Schmerz. Er hatte die ganze Nacht auf dem Fell gelegen, aber eben auch auf dem harten Holzboden darunter, was gemeinsam mit der Kälte, die zumindest in seine Beine gekrochen war, eine furchtbare Mischung ergab. Als er sich auf den Rücken drehen wollte, stieß er an etwas.

Verwundert hob er den Kopf, das Stechen in seinem Nacken ignorierend, und blickte über seine Schulter. Anna war offenbar in der Nacht von dem Sofa zu ihm gekrochen, hatte ihre Decken mitgebracht und sich neben ihn gelegt. Er lächelte. Er hätte es aufdringlich finden können, aber irgendwie konnte er es nicht so sehen. Behutsam, um nicht auf sie zu rollen, schob er sich ein Stück weg und ließ sich dann auf den Rücken nieder. Besser. Viel besser.

»Guten Morgen«, murmelte es neben ihm.

»Morgen«, stimmte er zu.

Anna hatte offenbar ähnlich hart gelegen wie er und rollte sich unter ähnlicher Anstrengung neben ihm ebenfalls herum. Gemeinsam blickten sie nun zu den alten Balken seiner Zimmerdecke hinauf und lagen dort einfach einen Augenblick beieinander. Eine Spinne war in seiner Abwesenheit nicht gerade untätig gewesen. Fasziniert bewunderte Anton, wie die Fäden ihres Netzes zwischen den Deckenbalken im Morgenlicht funkelten.

»Ich bin ein wenig überrascht«, war dann alles, was er zu Anna zu sagen wusste.

»Ich bin in der Nacht wachgeworden«, erklärte Anna. »Du hast da gelegen und gezittert, weil das Feuer schon weit runtergebrannt war. Aber einfach meine Decken abgeben war nicht drin.«

»Also hast du dich zu mir gelegt?«

»Es war die einzig logische Konsequenz.«

»Dein Rücken wird dir über den Tag hinweg noch manche Rechnung dafür ausstellen«, lachte Anton.

»Oh, nicht nur der«, stöhnte Anna und bog auf dem Boden ihr Kreuz durch. Es knackte vernehmlich unter den vielen Decken.

»Es war doch nicht schräg von mir, oder?«, fragte sie dann nach.

»Ich find's nett«, gab Anton nur zurück.

Eine Tür im Haus öffnete sich und kurz darauf trat Lorenzo ins Wohnzimmer. Er trug ein Handtuch über dem Arm, blickte von der Couch zu den Decken vor dem Kamin, lachte kurz, murmelte ein »Buongiorno« und verschwand dann weiter im Bad. Keine Minute später hörte Anton, wie seine Dusche zu laufen begann.

»Er ist ziemlich entspannt für einen Geistlichen«, sagte er.

»Du meinst ob der wilden Ehe hier?«, lachte Anna.

Anton nickte.

»Wir sind ziemlich entspannt«, grübelte Anna, »wenn man bedenkt, dass wir es mit jemandem zu tun haben, der uns vielleicht ermorden will.«

»Wir sind auch echt entspannt, wenn man bedenkt, wie hart dieser Boden ist.«

»Willst du aufstehen?«, fragte sie.

»Nein«, sagte er.

Also lagen sie noch einen Moment dort, Seite an Seite, und blickten einfach gemeinsam zur Decke empor.

Dann klingelte es an der Haustür.

22

Vor der Haustür fand Anton Erich vor. Doch schon auf den ersten Blick war ihm klar, dass der nicht nur gekommen war, um ihn wieder zu seinem Auto zu bringen. Der Polizist wirkte bleich, ein wenig betreten, und hatte offenbar wenig Schlaf bekommen.

»Herr Bürgermeister«, legte er sofort los, »es ist schon wieder was Schlimmes passiert.«

»Möchtest du reinkommen?«, fragte Anton.

»Lieber machen wir uns gleich auf, Herr Bürgermeister. Jemand ist in die Kirche eingebrochen heute Nacht und hat randaliert. Reinster Vandalismus!«

»Was ist denn genau passiert?« Anna trat nun ebenfalls in den Flur. Anton sah die Überraschung in Erichs Gesicht, aber auch, wie der Polizist sich bemühte, auf seine Schuhspitzen zu schauen, bis sich die Journalistin in T-Shirt und Shorts eine Decke umgeschlungen hatte.

»Also, ich … es tut mir leid, Herr Bürgermeister, wenn ich gewusst hätte, dass Sie Damenbesuch bekommen, ich hätte ja nicht gestört. Also, nicht unangekündigt. Und auch das mit dem Auto gestern, ich konnte ja nicht …«

»Damenbesuch«, wiederholte Anna lautlos.

»Erich«, mahnte ihn Anton. »Was ist passiert?«

»Gestern Nacht ist wer in die Kirche eingebrochen, wie ich sage. Der hat dann darin gewütet, hat sogar die alte Krypta aufgebrochen. Sie wissen vielleicht, die unter dem Altarbereich.«

»Hat nicht in der Nacht jemand vor der Kirche das Feuer gehütet?«, fragte Anton weiter.

»Ja, doch, natürlich. Das geht ja sonst aus.«

Anton atmete angestrengt aus. »Und der hat nichts gehört?«

»Nein, es fiel erst heute morgen auf, als jemand in die Kirche guckte.«

»Was glauben Sie, wer hat das getan?«, brachte sich Anna zurück in das Gespräch.

»Also wenn Sie mich fragen, dann waren's diese Nazi-Jungs.«

»Unwahrscheinlich«, murmelte Anna. »Die hatten andere Sorgen.«

»Anna ist gestern von den Jungs im Wald überfallen worden«, erklärte Anton. »Und die Jungs dann von Wölfen.«

»Was?«, entfuhr es Erich. »Wollen Sie Anzeige erstatten? Also, gegen die Jungs, nicht gegen die Wölfe. Sollen wir die Jungs festnehmen? Ich kann da alles veranlassen, ich warte schon lange darauf, dass sich so eine Chance ergibt, die Saubande endlich einzubuchten.«

»Ich denke, die Kirche hat Vorrang«, ertönte nun auch Lorenzos Stimme im Flur. Keiner von ihnen hatte bemerkt, dass die Dusche ausgegangen war, doch nun trat der Geistliche, in Antons Morgenmantel gewickelt, den Flur herunter.

Anton genoss Erichs vollkommene Verwirrung sichtlich, das musste er zugeben. Die Augen des Polizisten wanderten von ihm zu Anna – soweit eine Geschichte, die er noch glaubte, nachvollziehen zu können –, und dann weiter zu *Fra* Lorenzo. Zweimal versuchte der Polizist etwas zu sagen, beide Male fehlten ihm die Worte.

»Können Sie uns zur Kirche fahren?«, fragte Lorenzo ihn schließlich.

»Ja, ja natürlich!«, stammelte Erich. »Ich nehme an, Sie wollen sich noch was überziehen?«

23

Der Nebel zog sich langsam wieder zurück, als sie kurz darauf auf dem Kirchhof vorfuhren. Es brach sogar die Sonne hervor und schenkte dem Platz ein wenig dringend benötigte Wärme. Der derzeitige Feuerwächter – Anna kannte ihn nicht – grüßte den Polizisten und den Geistlichen, strafte aber sie und Anton mit Missachtung.

Es war wirklich nicht leicht hier im Ort.

Erich kramte vor dem Gebäude noch umständlich in seiner Jacke.

»Bevor ich es vergesse«, sagte er dann und reichte ihnen zwei Fotos. Die eine Person kannte Anna bereits – es war ein Foto von Lydia. Das andere zeigte eine streng dreinblickende Person Ende 50, die rotbraunen Haare bereits mit deutlichen, grauen Strähnen versehen und zu einem strengen Dutt gebunden, die Augen geradewegs in die Kamera gerichtet und der Mund bar jeden Lächelns. Das musste die Haushälterin aus der Kirche sein, Inga Borchert.

»Ihr kennt sie ja nicht«, erklärte der Polizist Lorenzo und Anna, »aber wenn ihr sie seht, dann erkennt ihr sie nun.«

»Ist noch immer keiner Willens, nach Lydia zu suchen?«, fragte Anna.

»Es ist Ostern, die Kripo war schon wegen des Feuers hier und das Kind ist volljährig. Leider nein.«

»Und die Dorfgemeinschaft?«

»Die meisten unken bloß, dass die kleine Lydia flügge geworden sei. Die käme schon wieder. Und mit dem toten Herrn Pfarrer reicht nicht mal die Sensationslust, hier schon was zu bewegen.«

Dann nickte er, mehr zu sich selbst, und öffnete das Portal.

Gemeinsam traten sie in die Kirche. Tatsächlich war das Ausmaß der Zerstörung geringer, als Anna erwartet hatte. Erich hatte es auf der kurzen Fahrt in großen Worten beschrieben, aber auf sie wirkte es weniger wie roher Vandalismus, sondern vielmehr zielgerichtet. Die Krypta war aufgebrochen, das verschließende Gitter aus den Angeln gerissen und vor den Altar geworfen worden. Einiges lag verteilt auf dem Boden, offenbar Dinge, die in der Krypta gefunden wurden. Erst auf den zweiten Blick fiel Anna auf, dass man auch den Heiland am Kreuz verschandelt hatte, das zentrale der sieben Buntglasfenster. Anna konnte nicht direkt erkennen, wie, doch offenbar war etwas über seine Augen geschmiert worden. Asche? Schmutz? Es wirkte ein wenig wie Schlacke, pechschwarz und zäh. Es fügte sich seltsam natürlich in das Fenster ein, doch jemand hatte die Augen Jesu verwischt. Ein Schauder lief ihr den Rücken herab.

Unsicher wanderte ihr Blick weiter zu dem Fenster, das sie für das Lazarus-Bild gehalten hatten. Die Erwachsenentaufe. Insgesamt hatte diese Kirche nun etwas Kaltes, Ungastliches, ohne dass Anna es sich erklären konnte.

»Kommst du?«

Anna erschrak, als Anton seine Hand auf ihre Schulter legte, aber folgte ihm dann. Erich und Lorenzo waren offenbar schon hinabgestiegen.

Die Krypta war vor allem eine einzelne, dunkle Kammer. Ein paar Nischen verbargen offenbar die Grabstätten einiger Gründer, kleinere Alkoven dagegen hatten Platz für Reliquien geboten. Eine ganze Reihe dieser Alkoven war leer.

»Unser Gegenspieler ist uns zuvorgekommen«, knurrte Lorenzo.

»Gegenspieler?«, fragte Erich, wurde aber ignoriert.

»Denken Sie, hier lagerte etwas, was für ihn wichtig war?«, hakte Anton nach.

»Sogar mit Sicherheit. So wie der Kelch, den wir gestern Nacht sichergestellt haben.«

»Welcher Kelch?«, fragte Erich vergebens.

So ging das mit den Dreien noch eine Weile hin und her. Anna sah sich derweil weiter um. Mit dem Handy leuchtete sie in einige der Ausbuchtungen, machte einige Schritte weiter in den Raum hinein und runzelte dann die Stirn.

In der Nische neben ihr stand ein alter Kandelaber, der war offenbar stehengeblieben. Gusseisern, vermutete sie. Ein Stückchen weiter folgte der erste leere Alkoven. Mehrfach leuchtete sie von der einen Nische zur anderen. Irgendetwas irritierte sie, aber sie war sich unsicher, was es war. Zum Vergleich besah sie sich einige weitere Lagerstätten, und dann dämmerte es ihr.

»Wir können nicht ermessen, nach was für Reliquien die Eindringlinge gesucht haben«, sagte Lorenzo gerade.

»Reliquien?«, fragte Erich, doch bevor das weitergehen konnte, leuchtete Anna ihren drei Gefährten ins Gesicht.

»Jungs, schaut mal her.« Sie leuchtete zunächst zu dem Kandelaber, dann zu der leeren Nische. »Fällt euch was auf?«

»Die eine Nische ist leer«, sagte Erich dienstbeflissen. Die anderen beiden schwiegen noch.

Dann fiel bei Anton der Groschen. »Die Steine sind anders, oder? Das Mauerwerk?«

»Natürlich«, entfuhr es Lorenzo. »Die Kirche ist renoviert worden, oder?«

»Nach dem Krieg«, bestätigte Erich. »Oben im Raum, der Turm ist ganz neu gebaut worden, aber hier unten waren meine ich auch Arbeiten.«

»Gibt es eine Nische«, fragte Lorenzo, »die das alte Mauerwerk aufweist, aber bei der die Reliquie fehlt?«

Sie sahen sich um und es war Anton, der schließlich verneinte.

»Wisst ihr was das bedeutet?«, frohlockt der Geistliche nun.

»Die Nischen mit dem alten Mauerwerk sind weiterhin mit Reliquien bestückt. Und es fehlt keine, das heißt, es wurde akut auch keine gestohlen«, fasste Anton zusammen. »Die neuen Nischen aber, die sind nach dem Krieg restauriert worden. Das heißt, die Reliquien, die dort einst lagerten, sind entweder zerstört worden, oder sie wurden vermutlich eingelagert oder umverteilt.«

Erich setzte an, etwas einzuwerfen, aber Anna kam ihm zuvor: »Wenn der Einbrecher nicht wusste, dass hier nicht mehr alles lagert, und wenn von dem, was hier lagert, nichts fehlt – dann hat er nicht gefunden, wonach er gesucht hat!«

Erneut setzte Erich an, doch Anton fuhr enthusiastisch dazwischen: »Das heißt, wir haben noch eine Chance, ihm zuvorzukommen!«.

»Wo sind die anderen Reliquien eingelagert?«, wandte sich Lorenzo an Erich, als dieser ein drittes Mal anhob. Dann kratzte der sich verlegen am Kopf.

»Nun, das ist jetzt so eine Sache … die waren schon immer weg.«

»Was meinen Sie, weg?«

»Nun, es ist damals wieder hier eingelagert worden, was nach dem Krieg noch da war. Bei den Trümmern hat man sonst nichts gefunden. Vielleicht wurden die anderen Sachen gestohlen, vielleicht geraubt, wer weiß das schon. Spätestens als Kardinal Frings damals in Köln den Mundraub erlaubt hatte, mehr oder weniger, haben sie ja eh alle geklaut wie die Raben«, sagte Erich, und ergänzte dann schamhaft an den Geistlichen: ›tschuldigung, Hochwürden.«

Sie alle sahen sich etwas ratlos an. Die Euphorie des Augenblicks war verhallt.

»Herr Bürgermeister?«, schallte eine Stimme von oben herab.

»Ja?«

»Man erwartet sie jetzt gleich bei den Rädern. Sie wissen doch, die Osteransprache!«

»Oh Gott«, murrte Anton. »Das habe ich ganz vergessen, die ist eine Tradition hier im Ort. Da muss ich hin, Kirchenraub hin, Kirchenraub her. Kommt ihr zwei hier klar?«

Anna nickte, Lorenzo widersprach nicht. »Ich begleite Sie«, beschloss Erich.

Gemeinsam machten sie sich schon wieder auf den Weg nach oben, als Anton noch mal kehrt machte und Anna seinen Wagenschüssel zuwarf.

»Lorenzo?«, fragte er. »Wenn Sie Ihre Unterlagen brauchen sollten, die finden Sie im Fußraum meines Wagens, der steht direkt an der Straße zum Hotel.

»Wie–?«

»Ist eine lange Geschichte, machen wir heute Abend!«

Und damit war Anton verschwunden.

24

Kurz darauf traten auch Lorenzo und Anna wieder ans Tageslicht. Die kühle Luft tat gut, die Frische des Frühlings und die tastende Wärme der Sonne waren ein angenehmer Kontrast zur muffigen Krypta und dem seltsam kalten Gotteshaus.

»Was ist so wichtig an all dem?«, fragte Anna schließlich.

»An der Taufe?«

»Was meinen Sie?«

»Wie kann es sein, dass um die Wiedertäufer damals so ein Streit ausgebrochen ist?«

»Die Taufe«, lächelte Lorenzo, »ist heute für viele eine formale Geste. Etwas, was man halt macht, und bei dem das Kind einen Namen bekommt. Aber die Taufe ist ein wichtiger Schritt im Leben eines religiösen Menschen. In den meisten Ausrichtungen symbolisiert sie die Aufnahme in die Glaubensgemeinschaft, aber sie ist auch die Eingliederung in den gestorbenen und auferstandenen Christus, wie man sagt.«

»Sie verlieren mich«, murmelte Anna.

»Durch die Taufe können Sie teilhaben an der Sündenvergebung durch den Tod des Heilands am Kreuze.«

»Also eine richtig große Nummer, ja?«

»Ja. Wobei Wiedertäufer auch nicht gleich Wiedertäufer waren. Im Kern geht es darum, dass die Taufe bis zur Mündigkeit des Gläubigen aufgeschoben wurde. Das ist problematisch aus Sicht der Kirche, denn wer ungetauft verstirbt, dem ist der Zugang zum Himmelsreich verwehrt. Darum haben wir ja beispielsweise auch die Nottaufe.«

»Nottaufe?«

»Bei der Taufe in der Not kann etwa ein Sterbender ohne großen Ritus auch von einem Laien getauft werden, um die Seele gewissermaßen im letzten Moment noch auf den rechten Pfad zu schicken.« Anna nickte interessiert, als Lorenzo fortfuhr. »Aber ich schweife ab. Die generelle Idee, die Taufe erst bei Mündigkeit durchzuführen, ist eine Sache. Aber etwa die Wiedertäufer-Bewegung im Raum Münster hat im 16. Jahrhundert Klöster und Kirchen geplündert, die Vielweiberei eingeführt und andere Verbrechen begangen. Das waren wilde Zeiten damals.«

Erneut nickte Anna und beide starrten schweigend einen Moment auf die geradezu absurd idyllisch vor ihnen liegende Eifel. Das war alles interessant, auch wenn sie im Grunde kein religiöser Mensch war. Aber wie all das am Ende ein Bild ergeben sollte, war ihr weiterhin unklar.

»Gehen wir einen Moment davon aus, die Kirchenschätze sind noch in der Nähe«, sinnierte Lorenzo.

»Was lässt Sie hoffen?«, fragte Anna.

»Im Grunde gibt es keinen Hinweis, aber wenn sie als Beutekunst in Russland sind oder von findigen Hehlern nach dem Krieg veräußert wurden, dann können wir eh nichts mehr daran tun. Was sind also die Varianten, die uns Handlungschancen bieten?«

»Sie haben Recht«, stimmte Anna zu. »Nehmen wir an, die Schätze sind noch hier in der Gegend. Vielleicht ist im Stadtarchiv dazu etwas vermerkt?«

»Das ist möglich. Wenn die fragliche Schrift nicht verbrannt ist, bestünde Hoffnung. Wenn die Schätze einen offiziellen Weg gegangen sind, vielleicht sogar als Kriegsbeute, dann könnte es dort vermerkt sein.«

Gemeinsam begannen sie, ein paar Schritte durch das Dorf zu gehen.

»Man muss sich auch fragen, wer die Dreistigkeit besitzt, eine Kirche zu plündern«, sagte Anna.

»Oh, eine Menge Leute. Kirchenraub hat eine lange Tradition in der Region. Gerade nach dem Krieg war die Not groß, und wenn der Verkauf eines gestohlenen Kreuzes das nötige Geld bietet, um die hungernde Familie zu ernähren, da wird auch ein frommer Mann in Versuchung geraten.«

»Nach dem Krieg«, dachte Anna laut nach. Dann machte sie ein paar schnellere Schritte, bis sie zwischen zwei Häusern die Aussicht fand, nach der sie gesucht hatte. »*Nach* dem Krieg, *Fra* Lorenzo, das ist eine Möglichkeit. Aber was ist während des Krieges?«

Er schloss zu ihr auf. »Was meinen Sie?«

Sie deutete zwischen den Häusern hindurch und über das Tal hinweg, herüber zu dem wehrhaft anmutenden Betonbau, von dem Anna nun wusste, was er war.

»Das dort«, erklärte sie Lorenzo, »ist eine alte Reichsschulungsburg der Nazis.«

»Bedrückend«, murmelte er. »Aber was nützt sie uns?«

»Nazis, Lorenzo. Wenn es jemanden gibt, der einerseits wenig Respekt vor den katholischen Kirchenschätzen hatte, umgekehrt aber immer zur Stelle war, wenn okkulter Unfug rief, dann waren es doch die Nazis.«

»Ich bin mir unsicher, ob einiges davon nicht auch reines Filmwissen ist«, gab er *Fra* zu bedenken.

»Dennoch«, beharrte Anna, »die Burg liegt gleich dort drüben. Nach dem Krieg waren die Schätze weg. Es wäre doch irre, dem nicht zumindest eine Chance zu geben.«

»Weshalb sollten sie aber heute noch dort sein?« Lorenzos Skepsis hielt an. »Der Krieg ist lang her.«

»Zum einen ist es, wie Sie sagten«, erklärte Anna. »Wir schießen ja eh ins Blaue und die Chance, dass die Schätze längst in Kellern eines Oligarchen liegen oder hier von einem armen Bauern eingeschmolzen wurden, sind ohnehin groß. Aber wenn sie dort liegen und nicht aus funkelndem Gold sind, wäre es auch nicht das erste Mal, dass sie einfach unerkannt im Keller oder auf einem Dachboden verstauben. Und soweit ich weiß, ist das Haus nie vollständig saniert worden.«

Lorenzo dachte einen Moment nach, dann nickt er gemessen.

»Dann machen wir es so. Wir teilen uns auf. Ich nehme mir noch mal die alten Dokumente im Stadtarchiv vor, soweit sie kein Opfer der Flammen wurden, und die Kirchenbücher, falls die Feuerwehr die restlichen Unterlagen aus dem Pfarrhaus mittlerweile freigegeben haben sollte.«

»Und ich schaue mir einmal das Nazischloss aus der Nähe an«, stimmte Anna zu. »Dann haben wir ja einen Plan!«

25

Kalt sog der Wind an der versammelten Menge, die sich bei den Osterrädern eingefunden hatte. Es gehörte zur Tradition, dass der Bürgermeister hier am Morgen des Ostersonntags ein paar nette Worte sagte, und danach gewissermaßen die Geschicke des Tages in die Obhut der Kirche übergab. Es war eine symbolische Veranstaltung, jedoch ein Symbol, das sich dieses Jahr nicht recht entfalten wollte.

Nicht nur die Ereignisse der letzten Tage wogen schwer, auch die Tatsache, dass Anton und Erich nun ohne den Kirchenvertreter bei der Menge ankamen, sorgte offenkundig sofort für Unmut.

Die Osterräder selbst waren auch in diesem Jahr wieder kunstvoll geraten. Große, übermannsgroße Holzkonstruktionen mit nahezu zwei Metern Radius, aus einem stabilen Gestell und viel trockenem Stroh gefertigt. Schon als Kind hatte Anton sie geliebt, obgleich sie ihm auch Angst machten, wenn sie mit fauchenden Flammen Wiese und Steilhang hinabgejagt wurden, nur um unten mit einem Donnerhall in einem Funkenregen aufzuschlagen.

Erichs Handy klingelte, gerade als sie das kleine Podest erreicht hatten und mit entschuldigender Geste wandte sich auch Antons letzter Verbündeter hier ab, sodass er nun allein in die kalten Augen von Eschenfeld blickte. Über ihm wehte eine Fahne mit dem Ortswappen an einem langen Mast, was die Szenerie nur theatralischer machte.

»Wir …«, hob Anton an und stockte schon beim zweiten Wort. Die Gesichter wurden, wenn es möglich war, noch finsterer. Ein älterer Herr zu seiner Rechten räusperte sich vorwurfsvoll.

Anton atmete tief durch.

»Wir stehen hier und heute an einem besonderen und für unser Dorf wichtigen Ort. Wir sind hier, um einer Tradition nachzukommen, alt, so alt wie unser Dorf selbst.«

»Als wenn du was davon verstehen würdest!«, tönte es von weiter hinten. Anton blickte wütend in die Richtung der Stimme, dann kurz in den Himmel und holte erneut Luft.

»Tradition ist wichtig«, fuhr er fort. »Sie eint uns. Sie hat unser Dorf schon immer geeint. Schon über Jahrhunderte finden selbst die größten Feinde in der Dorfgemeinschaft hier zusammen, einmal im Jahr, und sei es nur für den einen Tag. Und mehr noch, die weltliche Verwaltung der Stadt und der kirchliche Beistand, den wir genießen, auch sie finden hier in einem gemeinsamen Ritual zusammen.«

Wiedertäufer traten gegen eine Einheit von Staat und Kirche ein, schoss es Anton durch den Kopf, aber er verdrängte den Gedanken wieder.

»Diese Einheit ist in diesem Jahr gefährdet. Gefährdet durch die schrecklichen Brände, durch den viel zu frühen Tod unseres Pfarrers. Ja, vielleicht sogar gefährdet durch mich, den viele von euch sicher nicht für den besten Mann halten, der in so einer Zeit euer Bürgermeister ist.«

»Hört, hört!«, erklang es irgendwo in der Menschenmenge.

»Aber ich sage, wir lassen uns hier nicht einschüchtern, nicht entzweien, nicht ins Bockshorn jagen. Wir sind besser als das. Vielleicht nicht du oder ich, aber wir, gemeinsam, als Dorf, wir sind besser. Wir lassen uns das Fest nicht nehmen. *Fra* Lorenzo liest sich gerade in diesem Moment weiter in unseren Brauch ein und wird eine wunderbare Ostermesse halten, davon bin ich überzeugt. Diese Räder sind schön geworden wie jedes Jahr, und das Osterfeuer brennt tapfer behütet auf dem Vorplatz der Kirche. Es ist unsere feierliche Pflicht, an dieser Stelle nun die anstehende Aufgabe in die Hände der Kirche zu legen, und egal was uns entzweit, darin sind wir eins. Und damit wünsche ich uns allen eine wunderbare Osternacht. Auf dass wir das Flammenspiel nach den Schrecken der letzten Tage heute wieder in vollen Zügen genießen können!«

Zu Antons Erstaunen applaudierten die Leute tatsächlich. Er glaubte sogar, in ihren Augen so etwas wie ehrliche Zustimmung zu sehen. Zufrieden löste die Menge sich auf und spazierte zurück in den Ort, um dort auf den Abend zu warten. Der alte Mann, der sich eben geräuspert hatte, blieb noch einen Moment zurück und maß Anton mit einem langen, durchdringenden Blick.

»Nicht schlecht«, sagte er dann, und schloss sich den Gehenden an.

Anton blickte der Menge noch nach, als er merkte, wie Erich wieder neben ihn trat.

»Was wichtiges?«, fragte er den Polizisten.

»Doktor Poensgen«, bestätigte Erich. »Heute Nacht hat es offenbar mehrere Übergriffe durch Wölfe gegeben.«

»Mehrere?«

»Ja, einmal die Neonazis, das weißt du ja. Einen, den Kevin Scholzen, haben sie heute morgen in die Uni-Klinik gebracht, den hat es übel erwischt. Die anderen Jungs haben scheinbar nur Blessuren kassiert.«

»Okay, und der andere?«

»Chris Kestner hier aus dem Ort. Den hat's ganz wo anders offenbar auch erwischt.«

»Chris Kestner ist der Freund von Lydia Mühlenheimer«, murmelte Anton.

»Im Ernst?«

»Im Ernst. Wo ist der Junge jetzt?«

»Daheim, sagt Poensgen. Offenbar hat es ihn zwar hart erwischt, aber nicht hart genug für eine stationäre Unterbringung.«

Anton dachte einen Moment nach, dann marschierte er entschlossen los, den Hügel hinab Richtung Dorf.

»Wo willst du hin?«, rief Erich ihm nach.

»Einen Krankenbesuch machen!«

26

Wieder einmal stapfte Anna allein durch den Wald. Sie versuchte das ungute Gefühl zu verdrängen, das an ihr zehrte, aber restlos gelang ihr das nicht. Der Tag war trüb, der Wald war von Schatten durchzogen und die Erinnerung an Wölfe wie Neonazis noch leibhaftig. Selbst wenn sie hoffen konnte, dass die Kerle ihre Lektion gestern erhalten hatten, die Wölfe würden noch immer umherstreifen.

Bisher waren sie nur nachts aktiv gewesen, aber auch das wollte ihr einfach kein Gefühl von Sicherheit geben. Im Gegenteil, wieder fühlte sie sich beobachtet und wieder konnte sie, egal wie lange sie schaute, nicht ausmachen, woher das kam. Sie hatte ihr tägliches Telefonat mit Johanna versucht, aber der Empfang war nicht ausreichend gewesen. Also hatte sie eine Textnachricht geschrieben, das alles okay sei und hoffte nun, dass das auch stimmte.

Der Waldweg zur Reichsschulungsburg hatte zunächst in die Höhe geführt, sodass sie nun eigentlich oberhalb des Bollwerks sein musste. Vorsichtig ging sie einen gewundenen und steilen Pfad inmitten der Bäume herab, bisher jedoch konnte sie nichts erkennen. Sie war auch wieder von Nebelschwaden umgeben, was die Orientierung zusätzlich erschwerte.

Dann, schließlich, tauchte zwischen einigen Bäumen vor ihr einer der Türme des Gebäudes auf. Ein Fenster blickte genau in ihre Richtung, doch mehr als ein endlos schwarzes Loch war dort für sie nicht zu erkennen. Irgendwie kroch der Gedanke in ihren Kopf, dass genau dort gerade jemand stehen konnte, der sie beobachtete. Augen in der Schwärze, deren Blick nach ihr tastete wie fahle Finger … sie schüttelte den Kopf.

Das war albern, sagte sie sich. Das Gebäude stand seit Jahren leer und Eschenfeld war ein Dorf, keine Stadt mit Obdachlosenproblem. Trotzig reckte sie dem schwarzen Fenster ihre Stirn entgegen und stieg den Weg dann weiter herab, um zum Eingang zu gelangen. Letztlich war sie offenbar von hinten an das Gebäude gelangt und folgte nun der Mauer, auf der Suche nach einem Eingang. Doch trotz all des Mutes, den sie aufbringen konnte, sie wagte es auf dem unteren Stück nicht, sich umzudrehen, um sicherzugehen, dass wirklich niemand am Fenster war. Diese ungreifbare, irrationale Sorge, dass dort nicht *doch* jemand stand, hatte sich ihrer bemächtigt.

Dann trat sie unten vor das Gebäude und hinaus ins Licht. Der Nebel hatte sie noch einmal freigegeben und der eisige Glanz der tiefen Sonne leuchtete ihr regelrecht den Weg zum Eingang.

Zwei Türme waren über Flurtrakte mit einem gewaltigen Hauptteil verbunden. Alles an diesem Gebäude, die Fluchtlinien der Fenster ebenso wie die Winkel der Dachgiebel, ließen Anna sich klein fühlen. Dies nun aber war nicht das Unbeschreibliche in den alten Wäldern der Eifel, dies hier waren die nicht minder schrecklichen Spuren des dritten Reiches. Die Hakenkreuze hatte man offenbar von den Wänden gemeißelt, die Adler zum Teil belassen. Langsam ging sie über den moosbewachsenen Kies des Innenhofs auf das Haupttor zu. Unfassbar, dass dies als Erholungsheim genutzt worden war, fand Anna.

Einige marode Stufen führten zur Türe selbst hinauf, eine davon brach unter Annas schwerem Schuhwerk einfach entzwei, dann stand sie vor dem Eingang. Gläserne Türen waren eingesetzt worden, allerdings mit einem Gitterwerk in den Scheiben. Offenbar ein Schutz gegen Einbrecher. Jemand hatte irgendwann eine Scheibe eingetreten, hatte das eingelassene Metallgitter aber nicht überwinden können. Versuchsweise rüttelte Anna an der Tür, doch da bewegte sich nichts. Eine Kette mit Vorhängeschloss war zusätzlich zum Mechanismus der Türe noch um die Handläufe gewickelt worden. Hier würde sie nur mit schwerem Gerät eintreten können.

Sie förderte eine Taschenlampe aus ihrem Mantel hervor – kleiner als die, die sie in der Nacht auf der Flucht vor den Wölfen eingebüßt hatte –, und leuchtete durch das matt gewordene Glas.

Offenbar war das Erholungsheim damals schlagartig geschlossen worden. Das Mobiliar war teilweise noch vorhanden, irgendwelche Girlanden und ein zusammengefallenes Papp-Panorama mit der Kinderzeichnung einer Waldlandschaft zierten noch immer die Eingangshalle. Offenbar hatten die Besitzer das Gebäude so plötzlich verlassen, dass nicht einmal mehr die Deko abgebaut worden war.

Anna rüttelte noch einmal an der Türe, doch es regte sich nichts. Die Sonne verschwand wieder hinter den Wolken und der Nebel begann, in den Innenhof zu kriechen. Stumm betrachtete Anna das unwirkliche Bild der vordringenden Schwaden. Sie hatte nicht mehr ewig Zeit, bevor auch die Dunkelheit zurückkehren würde, das war Anna klar.

Sie drehte sich um und ließ ihren Blick schweifen. Die Türme und die Seitentrakte hatten Fenster, wo vielleicht Einlass zu finden war. Jedoch waren die alle nicht auf Höhe des Erdgeschosses, sodass sie würde klettern müssen. Dabei war das Klettern die eine Sache. Das traute sie sich zu. Ein verriegeltes Fenster aufbrechen oder einschlagen, während sie drei oder vier Meter über dem Boden an Fensterbank und Rahmen hing, das schien weniger aussichtsreich.

Um nicht wieder über die brüchigen Stufen zu gehen, sprang Anna seitlich von dem Podest herunter. Die Landung machte sie neugierig. Das war weder Kies noch Beton, worauf sie gelandet war, das klang wie Metall. Und tatsächlich, von Gras und Moos überwuchert, hatte sie vergitterte Oberlichter gefunden. Prüfend suchte sie nach den Kanten und fand nirgendwo einen Riegel. Sie zog, zog stärker, und tatsächlich ließ sich das Gitter anheben.

Vor ihr führte ein kleiner Schacht vielleicht anderthalb Meter herab – und dort sah sie ein Kellerfenster. In den Keller einer verlassenen Nazi-Burg einzubrechen war nichts, was sie sich jemals gewünscht hatte, aber das war der beste Einstieg, den sie bisher gefunden hatte. Sie setzte sich also auf die Kante des Schachtes, hielt sich bestmöglich an den schroffen Rändern fest und ließ sich dann herab.

27

Nachdem sowohl das Pfarrhaus als auch der Archivkeller in Flammen aufgegangen waren, hatte man offenbar alle verbliebenen Unterlagen hinauf in die Stadtverwaltung gebracht. Zunächst hatte man sich dort geziert, Lorenzo Zugriff zu gewähren, aber letztlich hatte sein Ornat wohl genug Vertrauen erweckt, dass man ihn passieren ließ. Nun saß er dort, schon zwei Stunden, und versuchte irgendeine Form von Ordnung in die Unterlagen zu bringen.

Alles war in eine Art von Umzugskartons geräumt und einfach aufgestapelt worden. Schon unter normalen Umständen wäre es schwer gewesen, sich darin zurechtzufinden; dass bei diversen Dokumenten auch noch Teile des Umschlags verrußt oder gar verbrannt waren, machte es nur noch schlimmer. Jene Bücher, die zudem Löschwasser abbekommen hatten, waren vermutlich ohnehin verloren. Lorenzo wiegte seinen Kopf erst zur einen, dann zur anderen Seite, bis seine Wirbel sich wieder in Position knackten. Er hob seine Umhängetasche vom Schreibtisch herunter und stellte sie auf dem Boden ab. Ein Lächeln stahl sich auf sein Gesicht, als der alte Messkelch darin mit einem unerwartet tiefen Klang auf dem harten Boden aufsetzte.

Unruhig trat er erneut aus dem kleinen Raum heraus, den man ihm zugewiesen hatte, und schritt den Flur herunter zu einem Kaffeeautomaten, den er zuvor entdeckt hatte. Während er dort stand und zusah, wie sich die schwarze Flüssigkeit in den Pappbecher ergoss, wanderte sein Blick den Flur hinauf und hinab. Er war allein. All die Geräusche von Betriebsamkeit, die Amtsstuben normalerweise entgegen aller Klischees erfüllten – das Klappern alter Tastaturen, das sonore Brummen von Lüftern, das Dröhnen von Druckern und Kopiermaschinen – fehlten. Natürlich, gemahnte sich Lorenzo, es war Ostersonntag. Unter anderen Umständen wäre auch er nicht hier, sondern vermutlich in einer Messe. Der Nachmittag war bereits angebrochen, Dunkelheit kroch zurück ins Dorf und das warme Licht der Innenbeleuchtung tauchte draußen vor den Fenstern alles in ein gespenstiges Blau; so langsam lief ihnen die Zeit davon.

Der *Fra* ergriff den Becher und schlenderte den Flur zurück, die Absätze seiner teuren Schuhe klappernd über das Marmorimitat des Bodens schleifend. Er stellte den Becher auf dem kleinen Schreibtisch ab und öffnete genervt die nächsten Kisten. Bei der zweiten wurde er endlich fündig. Schon durch den Seitengriff fühlte er, dass es nicht einfach Ordner waren und der Blick hinein bestätigte ihm, dass er offenbar alte, gebundene Kirchenbücher vor sich hatte.

Zufrieden ging er mit der Kiste zum Schreibtisch und begann, im Schein der kleinen Bankierlampe zu lesen. Es waren offenbar diverse Chroniken. Nicht die Chronik, die sie auch auf dem Lesepult des verstorbenen Geistlichen gefunden hatten, aber ebenfalls alte Texte. Das teils uralte Papier ließ sich kaum umblättern, die Seitenränder waren an einigen Stellen regelrecht verschmolzen. Mit einer unsteten Mischung aus Andacht und Eile versuchte Lorenzo, sich zu orientieren. Was man den Pfarrern von Eschenfeld offenbar schon immer hatte lassen müssen, war eine sehr, sehr akribische Ordnung. Schnell konnte er die Bände chronologisch sortieren und beginnen, darin zu lesen.

Schließlich fand er sie: die Hexenverbrennung. Der Bischof Yves de Bures, die verbrannte Thea Krahforst, alles war sauber verzeichnet worden. Dann aber runzelte der *Fra* die Stirn und beugte sich näher über das Buch. Die etwa 500 Jahre alte Handschrift war nicht gut zu lesen, aber etwas hatte sein Interesse geweckt. Erneut las er, was seine Augen gerade erhascht hatten. »Favilla corrupta«, murmelte er. ›Verdorbene Asche‹. Offenbar waren die sterblichen Überreste der Hexe nicht in die Winde verstreut worden, sondern man hatte sie im Innern der Kirche verborgen, um mit Gottes Segen ihren finsteren Einfluss abzuwehren. War es das, was der Einbrecher in der Kirche gesucht hatte? Die Asche?

War es das, wonach Anna gerade in der Naziburg suchte?

Er las weiter, immer schneller, den kalten Kaffee neben sich längst vergessen. Offenbar hatte er doch nicht alle Details gehabt. Der Osterbrauch, die flammenden Räder, sie dienten, wenn man dieser Chronik glauben wollte, nicht einfach dazu, an das Geschehene zu erinnern. Sie waren ein Ritual, sie waren Teil eines komplexen Schutzsystems, um zu verhindern, dass sich je würde wiederholen können, was damals geschah. Eine Vorstellung formte sich in Lorenzos Gedanken, ein Gesamtbild, wie dies hier alles zusammenhängen konnte. Noch aber war er unsicher, ob er diesen Gedanken wirklich zu Ende denken wollte.

Schritte ertönten auf dem Flur und ließen ihn hochschrecken.

»Anna? Anton?«

Niemand antwortete ihm, aber die Schritte verstummten.

Langsam schlug Lorenzo das Buch zu und erhob sich. Er machte einen Schritt auf die Tür zu, hielt beim Klacken seiner Absätze auf dem Boden aber noch mal inne und schlüpfte leise aus den Lackschuhen. Nahezu lautlos erreichte er auf Socken die Türe zum Flur. Er lauschte angestrengt, doch das einzige, was er hören konnte, war sein Herzschlag, hämmernd und unnachgiebig hinter seinen Schläfen und in seinem Hals.

Vorsichtig öffnete er die Türe. Der Flur lag in Dunkelheit vor ihm. War vorhin nicht noch die Gangbeleuchtung eingeschaltet gewesen? Ging diese vielleicht zur Feierabendzeit aus? Denkbar war es.

Er schob sich einige Meter hinaus auf den Flur, doch alles lag still vor ihm. Kein Geräusch, keine Bewegung. Hatte er sich die Schritte nur eingebildet? Langsam atmete er aus und dreht sich um.

Sie stand direkt vor ihm.

Es war eine Frau, das verriet ihm die Silhouette, mehr war aber nicht zu erkennen. Er wollte zurückweichen, doch ihre Hand schnellte vor, legte sich um seinen Hals. Er spürte, wie ihre Finger teils unter den Knochen seines Unterkiefers glitten und wollte den unvorstellbaren Schmerz hinausbrüllen, doch schnürte ihm der unnachgiebige Griff zugleich die Luft ab.

Sie sagte etwas, aber er verstand es nicht. Es klang dumpf, als würde es durch Wasser zu ihm dringen, und er war sich unsicher, ob es so aus ihrem Hals kam, oder ob es nur so wirkte, weil er dabei war, zu ersticken. Er schlug gegen ihren Arm, doch genauso gut hätte er gegen einen Balken schlagen können. Als er spürte, wie seine Füße sich vom Boden hoben – oder war auch das nur eine Illusion seines sterbenden Gehirns? – trat er nach vorne aus. Diesmal war es wohl hart genug und seine Angreiferin schwankte. Sie ließ ihn jedoch nicht einfach los, sondern riss ihn herum und schleuderte ihn dort von sich. Seine Socken verloren auf dem glatten Boden den Halt, seine Beine gaben ohnehin unter ihm nach und er stürzte. Er schlitterte über die Fliesen, sein Hinterkopf schlug hart auf dem Kunstmarmor auf und eine Welle der Übelkeit kroch über ihn.

Er versuchte aufzustehen, doch sein Körper verweigerte sich ihm. Es war, als spräche sein Gehirn die falsche Sprache und er bewegte sich zwar, doch waren es unkontrollierte

Bewegungen, mit denen er krampfartig über den Boden robbte. Je mehr Luft er wie von Sinnen in seine Lunge sog, desto klarer wurde sein Blick wieder, desto weiter wurde sein Sichtfeld. Lorenzo rollte sich herum, kam auf Knien und Händen in die Höhe und übergab sich schließlich.

Dann war die Gestalt wieder da. Sie huschte wieder aus dem Lesezimmer heraus, hatte etwas in der Hand und schlug damit nach ihm. Er begriff erst, dass es seine Umhängetasche war, als sie mit einem lauten Donnern gegen seinen Kopf schlug.

Der Messkelch!

Erneut ging Lorenzo zu Boden. Verschwommen sah er zu ihr auf und nun erkannte er, wen er vor sich hatte. Persönlich waren sie sich nie begegnet, aber er hatte ihr Foto gesehen. Es musste Inga Borchert sein, die Haushälterin des toten Pfarrers.

Natürlich!, dachte Lorenzo noch, da holte sie erneut mit der Tasche aus.

Diesmal verstand er, was ihre dunklen Worte ihn gurgelnd fragten: »Wo ist dein Gott nun, Hund Gottes? Das schwarze Herz der Erde wird euch verschlingen!«

Dann rauschte die Tasche erneut auf ihn herab und auf ein rotes Aufblitzen folgte endlose, tiefe Schwärze.

28

Das Gebäude war in einem desolaten Zustand. Putz blätterte von den Wänden, Deckenplatten und Wandvertäfelungen hatten sich teilweise gelöst und lagen entweder auf dem Boden oder hingen halb herab. Es roch dumpf, nach Feuchtigkeit, Schimmel und Verderbnis.

Das Erholungsheim Rosenwasser war offenbar wirklich ohne viel Vorlauf aufgegeben worden. In einem Raum – anscheinend ein Speisesaal – hingen ebenfalls vermoderte Girlanden von der Decke, Luftballons lagen zu traurigen Haufen zusammenschrumpft in den Ecken und eine Bingo-Tafel stand noch immer auf einer kleinen Bühne.

Sie war im Keller durch eine Art Partyraum eingetreten, auch der eindeutig mehr den 70ern oder 80ern entsprungen mit seiner umlaufenden Holzvertäfelung und dem mit Bierdeckel-Drucken verzierten Tresen. Dahinter hatte sie sogar, begraben unter einem Jahrzehnt von Staub, noch einen halben Bierkasten entdeckt. Was ihr das aber vor allem sagte, war, dass offenbar selbst die Dorfjungend diesen Ort nicht aufsuchte. In einem gewissen Alter gab es das Konzept von »zu altem Bier« nicht, ihrer Erfahrung nach.

Ihr Orientierungssinn hatte Anna jedoch nicht getrogen. Als sie die nächste Türe des dunklen Flures, den sie gerade durchquerte, aufstieß, betrat sie die Eingangshalle, die sie auch von außen gesehen hatte. Gut, das war nicht ihr Ziel, aber es war ein besserer Startpunkt, als ohne Plan in irgendeinem Gebäudeflügel wild herumzustochern. Draußen war es mittlerweile dunkel geworden, das Licht ihrer Taschenlampe reflektierte vom Glas wieder und dahinter schien die Welt zu enden.

Anna überlegte. Sie war auf der Suche nach einer Hinterlassenschaft der Nazis. Wenn sie Recht hatte, hatten die eine oder mehrere Reliquien aus der Kirche geraubt und hergebracht. Falls sie Recht hatte. Nun, in diesem Raum stehend, erschien ihr die ganze Theorie weit weniger clever als früher am Tage. Aber Zweifel halfen ihr nicht.

Also, sinnierte sie weiter, wenn die Reliquien hier *waren*, dann mussten sie an einem Ort sein, der nicht offensichtlich war. Nicht dort, wo man renoviert hatte. Wäre es anders, hätte das Erholungsheim im laufenden Betrieb früher oder später darauf stoßen müssen. Damit fielen eigentlich die überirdischen Teile des Gebäudes schon raus.

Der Keller also?

Den Partykeller konnte sie auch ausschließen. Sie hatte unterwegs ein paar Heizungsräume und dergleichen gesehen, das war ebenfalls auszuschließen. Langsam begann sie, um ein paar Ecken zu leuchten. Bald fand sie einen Aufzug. Gut, der war ebenfalls definitiv eine nachträgliche Ergänzung und ohne Strom eine Todesfalle. Aber zumindest entnahm sie der deaktivierten Leuchttafel, dass es zwei Untergeschosse gab. Und das »U2« war offenbar nur für Personal.

Anna seufzte und blickte auf ihr Handy. Natürlich kein Empfang. Während sie also, die Taschenlampe auf Augenhöhe haltend, weiterging, überlegte sie, ob sie eigentlich den Weg, oder auch die Wege der letzten Tage, hätte dokumentieren sollen. Audioaufnahmen, mitten aus dem Geschehen. Aber sie verwarf den Gedanken. Vermutlich *hätte* sie es tun sollen, aber das ließ sich wesentlich leichter sagen, wenn man bequem daheim saß, anstatt in einer menschenleeren Naziburg herumzuschleichen.

Auf der nächsten Tür prangte das klassische Treppenhaus-Symbol. Sie würde gleich darauf zurückkommen. Zunächst aber folgte sie dem Gang noch etwas weiter und leuchtete in einige der abzweigenden Räume hinein. Einige Büros, dann ein weiterer Aufenthaltsraum. Langsam trat sie dort ein. Eine gewaltige Fensterfront gab, wenngleich teilweise zerbrochen, den Blick auf schemenhaft erkennbare Bäume frei, die in unhörbarem Wind vor den Glasscheiben wehten, ein Speiseplan auf einer Wandtafel war über die Jahre völlig unlesbar geworden. Auf einem Ecktisch standen einige Gesellschaftsspiele, eine Partie Dame war offenbar nie beendet worden. Neben der Tür entdeckte Anna, wonach sie geschaut hatte – ein Fluchtplan. Aber wirklich hilfreich war das auch nicht. Natürlich bildete der Plan nur das Erdgeschoss ab, und den Weg hier nach draußen, den kannte sie. Sie seufzte – und sog dann wieder die Luft ein, als sie glaubte, im Augenwinkel etwas gesehen zu haben.

Draußen.

Vor den Fenstern.

Langsam trat sie auf die Scheiben zu. Das Licht ihrer Lampe brach sich in wilden Mustern auf dem gesprungenen Glas.

Mit einem lauten Donnerschlag prallte der erste Wolf gegen die Scheibe. Anna hörten ihn Knurren, sah wie er seine Lefzen hochzog und versuchte, mit den Vorderpfoten durch das Glas zu kommen. Als sie noch erschrocken zurückwich, tauchte ein zweiter Wolf auf. Und ein dritter.

Im Licht der Lampe sahen die Tiere wilder aus als in der Nacht zuvor. Nein, korrigierte sich Anna. Verwilderter. Und irgendwie größer, urtümlicher.

Der vierte Wolf war klüger als die anderen. Knurrend stürzte er sich auf eine der kaputten Scheiben und begann, sich durch eine Öffnung im gebrochenen Glas zu drücken. Er begann zu bluten, als die Scherben durch sein Fell schnitten, knurrte und rutschte mit den Vorderpfoten über den glatten Boden in dem Versuch, Halt zu finden und durchzudringen, doch er ließ sich nicht beirren. Als die anderen Wölfe anfingen, es ihm nachzumachen, ergriff Anna die Flucht.

Sie versuchte die Tür zum Raum hinter sich zuzuwerfen, doch diese schwang nur weiter in den Raum hinein. Ein Speisesaal, durchfuhr es sie, mit Schwingtüren! Sie rannte den Flur herab und hörte nun, am Kratzen der Pfoten auf dem Linoleum, dass der erste Wolf im Inneren angekommen war. Das Treppenhaus!

Anna erreichte die Türe mit dem Symbol und riss daran, gerade als die erste scheinbar tollwütige Bestie den Flur herabschoss. Es war nicht geplant, doch die schwere Brandschutztür schlug knackend gegen den Kopf des Wolfs, der winselte und erst einmal zurückwich. Anna wartete nicht ab. Sie trat ins Treppenhaus und versuchte die Türe wieder zuzuziehen, doch irgendetwas hatte sich an dem rostigen alten Teil verklemmt. Die Reporterin riskierte nicht, weiter wertvolle Zeit zu verlieren und begann, die Treppe hinab zu rennen. Sie klammerte sich an jeder Biegung am Geländer fest und riss sich so herum, nahm je zwei Stufen auf einmal. Irgendetwas kam ihr seltsam vor, doch es dauerte einen Moment, bis sie den Gedanken fassen konnte. Die Wölfe waren ihr auf den Fersen, hatten offenbar aber mit dem glatten Boden ihre Probleme und schienen in den Windungen mehr übereinander zu fallen als etwas anderes.

Dann ging es ihr auf! Sie musste mittlerweile auf Höhe eines dritten Unterschosses sein, und die Treppe ging noch ein Stockwerk tiefer. Hier wirkte die Bebauung auch anders, als wäre hier unten nie saniert worden. Sie war nun aber unten, ergriff die einzige Tür, die ihr blieb, und riss daran. Sie ging auf, aber mehr als das – mit einem Knarzen brach sie komplett aus den Angeln. Anna schob die Trümmer beiseite und rannte den Flur herab. Ein Reichsadler mit Hakenkreuz war in den offenbar aus Bruchstein gefertigten Gang geschlagen worden – hier unten war die Entnazifizierung wohl nie angekommen. Sie hörte die Wölfe hinter sich. Das war es wohl. In diesem geraden Gang waren die Tiere im Vorteil. Hier gab es kein Entkommen.

Plötzlich ging ihr Schritt ins Leere und sie stürzte vorwärts. Für einen winzigen Augenblick schossen ihr alle denkbaren Alptraum-Szenarien durch den Kopf, Aufzugschächte, Brunnen, Minen, doch dann schlug sie bereits hart auf dem Boden auf. Anna konnte sich zwar nicht abrollen, den Sturz aber etwas abfedern. Schnell war sie wieder auf den Beinen, riss die Taschenlampe herum und wartete auf den ersten Wolf, der kommen würde um sie zu töten.

Erstaunt riss sie die Augen auf.

29

Das Licht in dem Zimmer war abgedunkelt, die Jalousien geschlossen. Anton trat vorsichtig ein und klopfte, obwohl er sich sicher war, dass der junge Mann in dem Sessel ihn bemerkt hatte, dem Anstand halber noch mal an den Türrahmen.

»Chris?«, fragte er dann.

Langsam drehte der andere ihm das Gesicht zu. Insgesamt machte der Junge einen erbärmlichen Eindruck. Einerseits ob seiner Verletzungen. Zahlreiche Verbände umschlossen die Arme und Beine, eine Art Pflaster saß zudem in seinem Gesicht. Doch auch seine ganze Körpersprache und vor allem sein Blick strahlten unverkennbar das Gefühl aus, besiegt worden zu sein.

»Darf ich dich kurz stören, Chris?«, fragte Anton und kam näher. »Ich bin Bürgermeister Dahling, vielleicht kennst du mich.« Keine Reaktion. »Ich arbeite außerdem zusammen mit … ich bin ein Freund von Anna Sperber, der Journalistin, mit der du vorgestern gesprochen hast.«

Nun endlich nickte der Junge und brachte, nach kurzem Zögern eine Frage heraus: »Wissen Sie etwas Neues wegen Lydia?«

Anton schüttelte den Kopf und war nun nah genug heran, um auf dem Bett gegenüber Platz zu nehmen.

»Leider nein, aber wir suchen weiter nach ihr.«

»Was wollen Sie dann?«

»Ich wollte mich mit dir unterhalten, über das, was dir zugestoßen ist.«

»Das waren Wölfe«, brachte Chris hervor. Plötzlich standen Tränen in seinen Augen. »Oh Gott! Sie glauben, dass die Wölfe vielleicht auch Lydia …«

Anton unterbrach ihn mit einer unwirschen Handbewegung. Er glaubte es tatsächlich nicht. Aber alles, was ihm momentan wieder und wieder durch den Kopf ging, von alten Hexenverbrennungen und seltsamen Christenkulten, war so aberwitzig, dass er es ja nun auch nicht ausbreiten konnte. Er beschloss, schnell den Ansatz zu wechseln.

»Warum warst du denn gestern überhaupt im Wald?«

»Wie meinen Sie das?«

»Warum warst du – «

»Na, um Lydia zu suchen!«, brauste Chris auf. Anton schüttelte sacht den Kopf.

»Gut, aber warum warst du dort im Wald, wo dich die Wölfe angegriffen haben, als es passiert ist? Warum genau dort?«

»Oh.« Chris schluckte. »Ich dachte, ich hätte vielleicht was gefunden.«

»Erzähl's mir.«

»Also, ich bin noch mal zu dem Ort, an dem wir uns getroffen hatten. Ich hatte ja mit ihr, also, ich wollte ja …«

»Anna hat mir davon erzählt.«

»Jedenfalls haben wir uns dort getrennt, aber ich dachte mir, vielleicht ist ja dort schon was passiert. Also bin ich noch mal dort hin. Und zuerst hab ich nichts gefunden. Aber dann fiel mir auf, dass ein Gestrüpp ziemlich zerfetzt aussah. Als hätte da jemand, na ja, als hätte sich da jemand durchgekämpft vielleicht.«

»Und weiter?«

»Na ja, ich glaubte dann, dass ich dahinter vielleicht so etwas wie eine Schleifspur sehen konnte. Es war ja schon dunkel, aber im Licht der Taschenlampe sah es so aus. Und der bin ich dann gefolgt.«

»Kannst du mir das näher beschreiben?«

Chris begann, es zu umreißen. Schnell wurde Anton klar, dass das zumindest im Detail aussichtslos war. Ein paar Geländemerkmale konnte er sich merken und er glaubte, einige von ihnen anhand der Beschreibung zu erkennen, aber überhaupt den richtigen Ort zu finden, um die Suche zu beginnen, das würde heikel sein.

»Und dann kamen die Wölfe?«, fragte er nach.

»Ja, plötzlich waren sie da, wie aus dem Nichts«, bestätigte Chris. »Haben mich umkreist, haben mich im Wald vor sich hergetrieben und dann haben die mich fertiggemacht.«

»Aber sie haben dich nicht getötet«, stellte Anton fest.

»Ich bin ausgerutscht und einen Abhang hinab, da sind sie mir dann nicht mehr gefolgt. Von dort aus bin ich zur nächsten Straße weiter und da hat mich ein Autofahrer mitgenommen.«

Anton nickte. Die Wölfe hatten nicht versucht, ihn zu töten, glaubte er. Jedenfalls nicht direkt. Sie hatten Chris übel zugerichtet, aber er wies keinerlei Spuren an der Kehle auf. Hatten sie versucht, aus ihm ein abschreckendes Beispiel zu machen?

Und war er verrückt, dass er sich so etwas überhaupt fragte?

Er bedankte sich noch einmal, versicherte Chris, weiter nach Lydia zu suchen und machte sich dann auf den Weg nach draußen. Die Mutter des Jungen bedankte sich noch einmal für den Besuch – ihr hatte er gesagt, er sei hier, um sein Mitgefühl auszudrücken, nicht, um ihren Sohn zu befragen – und brachte ihn dann zur Türe.

Als Anton abkniete, um seine Schuhe zu binden, fiel ihm etwas ins Auge.

»Sind die von Chris?«, fragte er und deutete auf ein Paar Halbschuhe. Seine Mutter nickte.

Neugierig beäugte Anton sie, verabschiedete sich dann und machte sich zügig auf den Weg zurück zu den Osterrädern. Er hatte dort noch eine Aufgabe zu erfüllen. In Gedanken aber war er noch immer bei den Halbschuhen. Genauer, bei der Kruste aus getrocknetem, an Teer oder Pech erinnernden schwarzen Schlamm, die er darauf gesehen hatte.

30

Nachdem sich ihre Augen an die Dunkelheit gewöhnt hatten, verstand Anna zwar, was sie sah, aber glauben konnte sie es nicht. Es schien letztlich eine Art nationalsozialistisches Reliquiarium zu sein; ein ganzer Raum, vollgeräumt mit religiöser Beute. Kreuze, Bibeln, Schalen, Kandelaber, aufgereiht nicht wie in einer Kirche, sondern wie in einer Asservatenkammer, mit Nummern auf kleinen Zetteln versehen, sicherlich einst in irgendeinem Register verzeichnet. Das Herzstück des Raumes war jedoch eine Schale, reichlich verziert und aus Metall – Gold, Kupfer, Bronze? – gefertigt, sorgfältig umwickelt mit einer Zierbinde, die vermutlich schon beim Diebstahl daran angelegt war. Auf dieser Schale lag ein grauer Haufen, etwas, was sich im zweiten Moment klar als Asche identifizieren ließ. Alles in diesem Raum hätte die Beute aus der Kirche in Eschenfeld sein können, aber Anna war sich sicher, dass sie mit der Ascheschüssel gefunden hatte, was sie suchte. Sie fiel aus dem Rahmen, sowohl wegen dem, was sie war, wie auch ob der Kunstfertigkeit, mit der sie einst gestaltet worden war.

Der Grund, weshalb Anna sich das alles in Ruhe anschauen konnte, war nicht weniger mysteriös. Ihr Tritt war ins Leere gegangen, da der Raum tiefer lag als der Flur, der Höhenunterschied überwunden mit einer schmalen, hochstufigen Treppe, die sie jedoch einfach überlaufen hatte. Es wäre genauso möglich gewesen, dass sie gestürzt wäre und mit gebrochenem Bein dort festgesessen hätte, aber sie hatte Glück gehabt.

Die Wölfe knurrten, sie bleckten die Zähne und Geifer troff von ihren Lefzen, doch kamen sie nicht die Treppe herunter. Treppen schreckten sie nicht, sonst wäre es nicht zu der wilden Jagd im Treppenhaus gekommen, aber hier nun zögerten sie.

Warum?

Anna hatte eine Idee im Kopf. Eine vermutlich irre Idee, in einer Situation, in der jeder Irrtum fatal wäre. Sie atmete durch. Es lief auf eine Entscheidung hinauf, eine ebenso bizarre wie schlichte Entscheidung. War sie bereit zu glauben? Wirklich zu glauben? ›Für jeden von uns kommt irgendwann im Leben der Moment, an dem wir uns entscheiden müssen zu glauben, oder nicht‹, hallten ihr Lorenzos Worte durch den Kopf.

Langsam legte sie ihre Hände um die Schale. Wenn sie etwas anderes als das Gefühl kalten Metalls an ihren Fingern erwartet hatte, so blieb es ihr verwehrt. Die Berührung war so kalt, das Material so glatt wie bei jeder anderen Metallfläche in ihrem Leben. Und entweder hatte sie nun Recht, oder die Wölfe würden sie auf den Boden der Tatsachen zurückholen. Ein Deckel, passend zur Schale, lag ebenfalls dort und Anna balancierte ein wenig, um ihn zu greifen, ohne die Asche noch einmal abzustellen. Jetzt oder nie.

Sie drehte sich um, präsentierte die Schale fast vor sich und ging langsam auf die Treppe zu. Bildete sie sich das ein, oder zeigten die Wölfe ein Zaudern?

Sie trat auf die erste Treppenstufe. Dann auf die zweite. Die dritte.

Vor ihrem geistigen Auge sah sie sich schon stolpern, die Asche verschütten und ihre letzte Chance verspielen, doch nichts dergleichen geschah. Stufe um Stufe näherte sie sich dem Flur – und die Wölfe wichen zurück. Das Knurren war leise geworden, und ein zögerliches Winseln mischte sich darunter. Als Anna den ersten Schritt in den Flur machte, wichen die Ungetüme noch weiter zurück. Nun klangen sie panisch, Wahnsinn stand in ihren Augen.

Und dann, als hätten sie einen Ruf vernommen, den niemand sonst hören konnte, warfen sie sich auf der Stelle herum und eilten, still und gespenstig, den Flur hinaus und das Treppenhaus hinauf.

Anna bemerkte, dass sie bisher den Atem angehalten hatte. Leise ließ sie die Luft entweichen und machte sich dann, die Asche noch immer vor sich, auf den Weg hinaus.

31

Die Vorbereitungen bei den Rädern liefen gut. Das Wetter machte Anton aber Sorge. Er wusste ja ohnehin nicht, was der Abend bringen würde, aber es war schon entschieden zu früh dunkel geworden und die schwarzgrauen Wolken, die er über den Nebelschwaden zusammenkommen sah, verhießen nichts Gutes. Schon jetzt hoben sich erste kleinere Testfeuer von der Dunkelheit ab. Auch der Wind nahm zu und kündete von nahendem Unwetter.

Plötzlich kam Unruhe in die Helfer. Anton folgte ihrem Blick und erkannte Lorenzos Wagen, der sich erneut den Hang hinaufarbeitete. Der Bürgermeister zögerte nicht lange und lief dem Fahrzeug entgegen, während er den Leuten zurief, einfach weiterzumachen. Der *Fra* hielt an und stieg schwerfällig aus. Er hatte sich offenbar gewaschen, doch das konnte nicht die Spuren von Blut verbergen, die offenbar an seinem Haaransatz begonnen und sich über sein Gesicht gezogen hatten. Der Geistliche machte auch keinen guten Eindruck, wirkte etwas fahrig und wankend in den ersten Bewegungen.

»Großer Gott!«, entfuhr es Anton, ohne darüber nachzudenken, was er sagte. »Was ist passiert?«

»Ich weiß, was vor sich geht!«

Anton trat noch etwas näher und bemühte sich, leise zu antworten: »Im Ort?«

»Generell«, entgegnete Lorenzo und senkte nun auch die Stimme. »Die Mörderin? Inga Borchert.«

»Die Haushälterin?«

»Genau. Sie gilt als verschwunden, aber ich habe sie gesehen. Sie hat mich überfallen, als ich die alten Unterlagen noch mal durchgeschaut habe.«

»Der Messkelch?«

»Genau. Den hat sie nun.«

Frustriert schlug Anton auf das Dach des Wagens. Aber er zwang sich zur Ruhe, als sich schon wieder Köpfe in ihre Richtung wandten. Dass man sie nonstop im Auge hatte, bezweifelte er eh nicht. »Warum?«, fragte er dann. »Warum tut sie das?«

Lorenzo setzte zur Antwort an, schwieg dann aber und nickte leicht an Anton vorbei. Er folgte seinem Blick und sah, was die Aufmerksamkeit des Geistlichen erweckt hatte. Ein Stück in den Wald hinein stand Anna, ein seltsames Gefäß an ihrer Seite, und blickte dringlich in ihre Richtung.

»Kommen Sie«, murmelte Anton und machte sich auf. Sie nahmen nicht den direkten Weg, sondern gingen etwas unterhalb auf einem der üblichen Wanderwege in den Wald hinein, und beide sahen, wie auch Anna sich, als ihre Richtung klar wurde, leise zurück in das Unterholz begab. Anton und Lorenzo waren vielleicht eine Minute im Wald verschwunden, als die Journalistin zu ihnen stieß.

Sofort berichtete sie, was sich zugetragen hatte. Anton konnte ihr nur halb folgen, teils weil sie noch immer außer Atem schien, teils weil es ihm schwer fiel zu glauben, was sie sagte. Anschließend berichtete Lorenzo erneut von dem Überfall auf ihn.

»Glauben Sie, Borchert wollte Sie töten?«, fragte Anna. Unsicher schüttelte Lorenzo den Kopf.

»Sie hat es auf jeden Fall billigend in Kauf genommen.«

»Aber warum?«, wiederholte Anton seine Frage. »Warum macht sie das alles?«

»Vielleicht ist es gar nicht sie, die es tut«, antwortete Lorenzo kryptisch.

»Okay?«

»Diese Asche hier, sie lag lange versiegelt in der Kirche. Auf heiligem Boden. Als die Nazis sie dort herausgeholt und in ihrer Burg eingelagert haben, war es, als hätten sie das Siegel gelockert. Und langsam hat sich das Böse wieder einen Weg in die Welt gesucht.«

»Und sich für die Haushälterin des Pfarrers entschieden?«, zweifelte Anton. Er war nicht überzeugt.

»Es ist nur eine Theorie.«

»Und wie passt Lydia Mühlenheimer da hinein?«

Einen Moment schwiegen sie, dann fuhr sich Lorenzo aufgeregt durch die vollen Haare. »Natürlich! Ein Vehikel!«

»Entschuldigung?«, fragte Anna nur.

»Ein Vehikel. Erinnern Sie sich an die Geschichte von Thea Krahforst!«

»Sie wurde als Hexe verbrannt«, summierte Anton, »unter Aufsicht der Kirche, weil sie mit dieser Sekte zusammenhing.«

»Wiedertäufer«, betonte Lorenzo bedeutungsschwanger.

»Und ihre Asche wurde eingelagert«, pflichtete Anna nun auch eifrig bei, »damit es sich nicht wiederholen kann. Damit das nicht wiederkehren kann, was damals bei der heidnischen Taufzeremonie *wirklich* in sie eingefahren ist!«

»Genau.« Lorenzo nickte. »Inga Borchert will wiederholen, was sich damals zugetragen hat. Darum wollte sie die Asche aus dem Weg wissen, weil da vielleicht noch ein alter Bann anhaftet. Und darum brauchte sie den Messkelch, schlicht, um das Ritual wiederholen zu können.«

»Eine Jungfrau!«, warf Anna nun ein. »Lydia ist Jungfrau, soweit wir wissen.«

Lorenzo und Anton blickten beide etwas geniert zur Seite.

»Ach kommt schon«, knurrte Anna. »Ich weiß es von ihrem Freund. Der wollte Karfreitag mit ihr erstmals eine

Stufe weiter gehen, aber Lydia wollte nicht. So hat die ganze Misere mitunter angefangen.«

»Ein reines Gefäß für ihr Ritual«, stimmte Lorenzo zu.

»Moment jetzt mal«, raunte Anton. »Brandstiftung, Mord, meinetwegen die Wölfe. Damit komme ich klar. Alte Mythen und vergessene Kulte, ja gut. Aber schlagt ihr beide gerade vor, dass eine Besessene gerade versucht, mit einem Ritual den Teufel in eine Jungfer zu beschwören? Ehrlich?«

»Es ist egal«, erwiderte Lorenzo kalt, bevor Anna antworten konnte.

»Wieso?«

»Weil es an der Sachlage nichts ändert. Ob nun Inga Borchert oder der Nachhall Thea Krahforsts. Ob nun wirklich ein Ritual gewirkt wird, oder eine Verrückte glaubt, das zu tun. Es ändert nichts daran, dass Lydia da draußen in ihrer Gewalt ist und sie vermutlich heute Abend etwas unternehmen wird.«

»Aber mit allem, was ich hier erlebt habe, möchte ich ehrlich gesagt die übernatürliche Version nicht ausschließen«, gab Anna zu.

Einen langen Moment standen die drei schweigend beisammen. Dann ertönte ein Donner in der Ferne, der Wind nahm zu.

»Vielleicht habe ich eine Idee, wo man suchen kann«, sagte Anton. »Als wir das ausgebrannte Pfarrhaus durchsucht haben, ist mir ein schwarzer Schlamm am Boden aufgefallen. Zu dem Zeitpunkt dachte ich, es sei ein Verbrennungsprodukt.«

»Wir haben solchen Schlamm in der vergessenen Kapelle gesehen«, warf Anna ein.

»Der Heiland in der Ortskirche ist mit Schlacke beschmiert gewesen«, ergänzte Lorenzo.

»Aber wie hilft uns das?«, fragte Anna weiter.

»Ich war eben noch mal bei Chris. Er hat nach Lydia gesucht, als auch er von Wölfen angegriffen worden ist. Gestern Nacht. Und wo auch immer er gesucht hat, offenbar hat er dort ebenfalls schwarzen Schlamm gefunden, denn seine Schuhe waren ganz verkrustet. Er sagt, er habe gesucht, wo sie sich getrennt haben.«

»Ich weiß, wo das ist!«, sagte Anna.

»Dann los«, drängte Anton, aber Lorenzo hielt ihn zurück.

»Wir müssen zwei Dinge bedenken.«

»Was?«

»Die Osterräder, die Feuer, der ganze Brauch – auch das ist ein Teil des Schutzes, der verhindern soll, dass sich das, was damals geschah, wiederholen kann. Wenn Inga mehr Ressourcen zur Verfügung hat, als wir bestenfalls annehmen, sind all die Leute hier in Gefahr.«

Antons Kiefer malten sichtlich aufeinander, aber Lorenzo fuhr fort: »Und wenn wir ... wenn wir auch nur *eine* Sekunde annehmen, dass die übernatürliche Version doch stimmt. Dass hier ein Ritual in irgendeiner Form stattfindet, das mehr ist als Hokus-Pokus, dann gibt es noch eine Aufgabe.«

»Was?«

»Diese Asche«, sagte er und deutete auf Annas Schale, »muss zurück auf heiligen Boden und neu geweiht werden.«

Erneut schwiegen sie einen Moment gemeinsam miteinander. Die Donnerschläge waren zur Regelmäßigkeit geworden, der Wind zog nun richtig an ihnen.

»Nun gut«, gab Anton letztlich bei. »Wir teilen uns auf.«

»Ich nehme die Asche, gehe zur Kirche und spreche die angebrachten Gebete«, erklärte Lorenzo.

»Ich mache mich auf zum Treffpunkt, den Chris und Lydia hatten, und suche dort nach ihr, bis ich sie gefunden habe«, stimmte Anna ein.

»Gut, dann bleibe ich hier und passe auf, dass die Feuer brennen, wie sie sollen«, schloss Anton.

In diesem Moment setzte der Regen ein und fiel wie eine eiskalte Flut auf sie herab.

32

Schlitternd kam der Wagen des *Fra* vor dem Kirchplatz zu stehen. Lorenzo aber regte sich zunächst nicht weiter. Er saß dort, auf dem Fahrersitz, und blickte hinaus auf das imposante Gebäude, das sich dort über das Dorf erhob, sowie auf die dunklen Wolken, die sich am Himmel zusammenzogen. Es war, als wären mehrere Gewitter ineinander geraten, mit manchem Blitz verborgen, weit in luftigen Höhen nur am Widerschein zu erkennen, und manch anderem, der imposant einmal über die gesamte Länge des Himmels verlief. Es war das Bild eines Alptraums, und die Wagentür schien das letzte zu sein, was Lorenzo davon trennte.

Er atmete durch. Dann wanderte sein Blick zu der Schale, die neben ihm auf dem Beifahrersitz stand. Ein Kirchenschatz, sicherlich. Eine Reliquie, vermutlich. Aber hatte er Recht? War das hier wirklich relevant? Tat er eine gute Sache? Oder fehlte er gerade, bei Anna im Wald oder bei Anton an den Rädern, und ließ seine beiden unverhofften Wegbegleiter bei ihren Aufgaben zurück? Eine Stimme in seinem Inneren bekräftigte ihn, aber sein Kopf weigerte sich, diesen letzten Schritt zu machen.

Erneut ließ er seine Augen über die Stadt wandern. Die alten Häuser, das gesamte Ortsbild, was sich so sichtlich weigerte, ganz im 21. Jahrhundert anzukommen. Ein uralter Kaugummi-Automat hing dort an einer Hausecke, seinerseits ein Relikt und garantiert seit einem Jahrzehnt nicht mehr befüllt worden.

Dann sah Lorenzo etwas anderes. Dort, neben dem Automaten, zerrte der aufkommende Sturm an etwas, an einem Zettel, grell weiß vor der über die Jahre beige gewordenen Hauswand. Es war eine der Vermisstenmeldungen, die Lydias Mutter im ganzen Ort verteilt und aufgehängt hatte. Der Papier gewordene Hilfeschrei einer Mutter, die nur ihr Kind wiederhaben wollte. Ein Kind, dessen größter Fehler es möglicherweise war, tatsächlich die Unschuld vom Lande zu sein. Der Wind zog nun fest genug, der Zettel löste sich und verschwand nach einigen Schleifen in der Luft hinter einer Hauswand. Und Lorenzo entschloss sich.

Er öffnete die Fahrertür – er musste kämpfen, denn es war, als würde der Sturm die Türe wieder zudrücken wollen – und stieg aus. Er umrundete den Wagen, öffnete nun auch die Beifahrertür und hob die Schale heraus. Der *Fra* hielt sie fest vor sich, wie man ein Kind behüten mochte, aber der Gedanke, sie könne sich öffnen und ihre Hoffnung davonwehen, ließ ihn nicht los.

Mit festen Schritten, betont, vielleicht auch, um sich selbst weiter zu überzeugen, näherte er sich der Kirche. Es blitze und donnerte, doch nichts hielt ihn auf, und schließlich betrat er durch die schwere Holztüre das Innere.

Die dicken, uralten Wände hielt das Grollen von draußen weitgehend ab und Stille legt sich über ihn, auch wenn durch die Buntglasfenster weiterhin das Spiel der Blitze am Himmel zu erkennen war. Sonst war es weitgehend dunkel in der Kirche, und wann immer der Himmel draußen aufglühte, warf Lorenzo einen langen, verzogenen Schlagschatten auf den Boden, während er sich mit dumpfen Schritten entlang des Mittelschiffs zum Altar begab.

Noch etwas fehlte, nicht nur das Licht. Normalerweise erfüllten ihn Kirchen mit einem Gefühl, das schwer in Worte zu fassen war. Zuflucht, Geborgenheit, Heimat. Dies war ein Haus Gottes, und dem hatte er sein Leben gewidmet. Doch diese Kirche wirkte leer auf ihn. Es war einfach nur ein großer, imposanter, aber letztlich leerer Raum.

Lorenzo erreichte den Altar und setzte die Schalte behutsam ab. Er nestelte ein Feuerzeug hervor und entzündete einige der Kerzen, wenigstens jene auf dem Altar und einige rundherum. Warm breitete sich ihr Licht aus, vertiefte jedoch zugleich die Schatten. Dann hob er den Deckel der Asche ab, stellte ihn leise neben den Altar und kniete nieder.

Nun war es Zeit zu beten.

33

Es war nicht wie auf den Postkarten. Wenn man die Postkarten im Ort sah, auf denen flammende Osterräder den Hang hinabstürzten, die Menge im Hintergrund von Fackeln erleuchtet und am Himmel noch ein letzter blauer Streif zu erkennen, dann waren das sehr wohlüberlegt ausgewählte Momente und sicherlich die eine oder andere digitale Verbesserung, auf die man dort blickte.

Doch dunkle Wolken ballten sich am Horizont, als Anton langsam und gemessen vor die Menge trat. Die ersten Fackeln waren entzündet, aber es war kein heimeliger Eindruck eines friedvollen Brauchtums dort vor ihm, es erinnerte ihn mehr an einen Lynchmob. Der Wind peitschte erbarmungslos über sie hinweg, schien manches Feuer gar auszupusten, nur damit sich nach der Bö die Flammen zurückerobern konnten, was sie verloren hatten. Der eisige Regen half nicht.

Anton atmete tief durch.

Es war wirklich nicht wie auf den Postkarten.

Unweigerlich erreichte er schließlich das Rednerpult. Nahm seinen Platz dort am Fuße des Fahnenmastes ein, sah sich um, sah auf das Pult, blickte wieder auf. Es gab kein Mikrofon, das er sich noch hätte justieren können, er hatte nicht mal Blätter einer Rede, die er noch mal glatt streichen konnte. Keine Verlegenheitsgeste konnte ihn davor bewahren, dass er nun zu der Menge reden musste.

Und war er nicht der Bürgermeister?

Ein ungeliebter, aus Protest gewählter Bürgermeister, aber dennoch? Leute hatten ihm ihre Stimme gegeben. Er konnte nicht nur Feinde in der Masse haben. Auch wenn es ihm zunehmend schwerfiel, genau diesen Gedanken abzuweisen. Seine erste Ansprache, früher am Tage, hatte funktioniert, aber da hatten die Leute auch noch nicht in dunkler Nacht im strömenden, eiskalten Regen gestanden.

Aber es gab noch etwas anderes. Etwas anderes war wichtiger als seine Eitelkeit, seine Sorge vor dem Publikum, all die normalen Bedenken, die er als Bürgermeister an dieser Stelle haben sollte. Er konnte den Leuten nun schlecht von der dunklen Kraft über dem Ort berichten – aber vielleicht konnte er ihr dennoch entgegenwirken.

Auch war der *Fra* wieder nicht bei ihm. Ohne es in der Schwärze sehen zu können, konnte er sich schon ausmalen, wie die Leute untereinander tuschelten. Natürlich waren die Umstände anders, aber nach außen hin hätte es vermutlich kein größeres Zeichen von fehlendem Rückhalt geben können als dass er nun allein dort stand. Doch sie hatten ihm ihre Stimme gegeben. Nun war es an Anton, dieser Stimme gebührend Ausdruck zu verleihen.

Er atmete noch einmal durch, spürte die stechenden Blicke der raunenden Menge, und wählte die Flucht nach vorn: »Ihr wollt mich heute hier nicht sehen.«

Die Menschen wurden leiser, ihre Aufmerksamkeit hatte er nun.

»Ich weiß das. Glaubt nicht, dass ich mich hier Illusionen hingebe. Niemand von euch ist hier, um meine Worte zu hören. Es ist Brauch, die Rede gehört dazu, aber keinen von euch interessiert, was ich hier sagen werde.«

»Yeah!«, tönte es irgendwo aus der Masse. Vereinzelt antwortete Gelächter.

»Aber vielleicht sollte es das. Nicht, weil ich so sonderlich kluge Dinge zu sagen habe. Das habe ich nicht. Oder weil ich so ein herausragend toller Bürgermeister wäre. Das bin ich nicht. Der Bürgermeister, das wissen wir auch alle, ist in Momenten wie diesen auch nicht mehr als ein glorifizierter Grüßaugust. Aber: Wir sind hier gemeinsam versammelt, und selbst wenn ihr mich herauslasst, so seid *ihr* durch den Brauch verbunden. Dieser Brauch ist tatsächlich mehr als eine Tradition, mit der wir Touristen anlocken. Dieser Brauch ist untrennbar mit Eschenfeld verbunden.«

Zufrieden bemerkte er, dass es diesmal keine Zwischenrufe gab.

»Eschenfeld hat in den letzten Tagen eine Reihe schrecklicher Schicksalsschläge erlitten. Pfarrer Wollseifer ist tot. Es hat Brände gegeben, Überfälle, und eine der unseren, Lydia, ist noch immer verschwunden. Wann, wenn nicht jetzt, brauchen wir Einheit? Wann, wenn nicht jetzt, brauchen wir ein Symbol all dessen, was unseren schönen Ort ausmacht?«

Erneut ließ er seinen Blick über die Menge fahren. Er sah sogar hier und dort, wie Leute nickten und vielleicht bildete er es sich nur ein, aber es war Härte aus vielen Gesichtern gewichen. Er entdeckte Chris mit seiner Familie, der sich offenbar trotz der Verletzungen nicht hatte nehmen lassen, heute hier zu sein. Erich stand ebenfalls dort und sah zufrieden aus. Vielleicht fühlte er sich endlich in seinem Vertrauen in Anton bestätigt?

»Der Dahling hat Recht!«, tönte eine Stimme über die Leute. Anton konnte nicht sehen, wer es gewesen war, aber er glaube den alten Mann herausgehört zu haben, der ihm bereits nach der letzten Rede zugesprochen hatte. Erneut konnte er Köpfe nicken sehen, glaubte zustimmendes Gemurmel zu hören.

Dann aber entdeckte Anton eine kleine Gruppe, die sich etwas abseits mit eigenen Fackeln versammelt hatte. Es waren die Neonazis, die ihn alle mit einem starren, feindseligen Blick bedachten. Einer von ihnen – der mit dem Scheitel – hob sogar seine Faust und führte den Daumen langsam seine Kehle entlang.

Anton schloss die Augen, sammelte seine Gedanken.

»Ich glaube an Eschenfeld. Und es ist dabei egal, ob ihr an mich glaubt, wichtig ist mir, dass ihr es mir gleich tut. *Glaubt!* Glaubt an Eschenfeld. Glaubt an Symbole. Dies mag kein frohes Osterfest sein, kein Moment der Idylle. Machen wir einen Moment des Glaubens daraus. Diese brennenden Räder symbolisieren seit Jahrhunderten unsere Hoffnung. Lasst sie uns entfachen!«

34

Fast hätte Anna den Ort gar nicht wiedergefunden. Als sie Chris in der Abendsonne dort überrascht hatte, hatte alles so klar und deutlich gewirkt, doch Dunkelheit, Wind und Regen arbeiteten gegen sie.

Die Kälte kroch ihr langsam in die Glieder und sie war ohnehin durchnässt bis auf die Haut, aber sie verdrängte alle Gedanken an die Verlockung, sich irgendwo auch nur kurz unterstellen zu können. Nicht zum ersten Mal flackerte die Taschenlampe in ihrer Hand, doch ein beherzter Schlag gegen ihren Oberschenkel brachte sie noch einmal zur Räson. Früher oder später würde das Wasser allerdings sein Opfer fordern, da war sie sich sicher.

Vor ihr schälte sich zunächst die kleine Mauer und anschließend die verlassene Werkhalle aus dem Dunkel. Hier war sie also, doch dies war nicht ihr Ziel. Ratlos sah sie sich um. Der Regen trommelte so laut nieder, dass es unmöglich war, etwas anderes zu hören und die Taschenlampe spendete nur unzureichend Licht. Eisig schlich sich der Gedanke in ihren Kopf, dass überall, überall die Wölfe lauern könnten. Plötzlich verwandelte sich jeder im Wind wogende Busch in eine Bedrohung, jeder Schatten schien sich ihr zu nähern. Mehrfach drehte sich Anna um die eigene Achse, der Lichtkegel ihrer Taschenlampe ruckte umher. Doch da war nichts.

Sie war allein.

Langsam näherte sie sich der Fabrikhalle. Das Tor hing noch immer schief in den Angeln und nichts deutete darauf hin, dass jemand dort eingedrungen war. Aber wie sollte sie hier draußen irgendetwas finden? Die Spur mit dem schwarzen Schlamm hatte so verheißungsvoll geklungen, aber nun, in der nassen Nacht, schien der gesamte Boden aus schwarzem Schlamm zu bestehen.

Ratlos ging Anna das Gelände ab. Sie schalt sich eine Närrin, naiv und dumm. Vermutlich hatte sie es verdient, dass die Wirklichkeit sie endlich auf den Boden der Tatsachen holte. Sie hatte so viel Glück gehabt die letzten Tage, aber genau das war es wohl gewesen. Glück.

Sie war keine tolle Journalistin. Sie war keine investigative Ermittlerin. Sie war eine junge Frau mit einem Podcast und zu vielen Träumen im Kopf. Es war Zeit, der Wahrheit ins Gesicht zu blicken und zu begreifen, dass sie hier niemanden retten würde. Wenn sie noch einmal Glück hatte, dann kam sie mit einer Lungenentzündung davon und holte sich hier nicht wirklich den Tod.

Und wenn schon, würde überhaupt jemand ihr Fehlen bemerken?

Anna hielt inne. Sie hatte vielleicht weniger Selbstvertrauen, als manchmal gut war, aber so schwarz sah sie die Welt sonst nicht. War es das Wetter? Die Situation? Oder zog etwas anderes all ihre negativen Gedanken hervor?

Sie hatte sich, ohne es zu merken, von der Werkhalle entfernt und in den Wald begeben. Vorsichtig hockte sie sich hin und leuchtete aus der Nähe über den Boden. Etwas hatte ihre Aufmerksamkeit erregt. Hier war etwas vergossen worden, rotbräunlich, und es war durch das Dach, das die Äste über ihr bildeten, vom Regen noch nicht ganz fortgespült. Es war Blut. Hier musste Chris verwundet worden sein.

Tatsächlich bemerkte sie nun mehrere abgebrochene Äste, ein paar faule, zertretene Pilze und allgemein das aufgewühlte Erdreich. Schuhabdrücke oder Spuren der Wölfe hatte der Regen bereits verwischt, aber das Bild war eindeutig. Anna leuchtete die Umgebung ab, versuchte das Ausmaß des Blutes einzuschätzen. Sie runzelte die Stirn, wischte sich die tropfnassen Haare aus den Augen.

Dann stand sie auf, ging einige Schritte vor und kniete sich erneut hin. Der Boden hier hatte anders gewirkt und tatsächlich, als sie etwas davon mit der Hand auflas und zwischen ihren Fingern zerrieb, blieb ein schwarzer, schleimig-schlieriger Film auf ihrer Haut zurück. Der schwarze Schlamm.

Es lag auch ein neuer Geruch in der Luft. Es roch nach Wald, es roch nach Regen. Aber da war noch etwas. Schwefelgeruch.

Erneut ruckte ihr Kopf hoch, suchte den Waldrand ab, fest davon überzeugt, dass gleich die Wölfe aus der Dunkelheit schnellen und ihre Kehle zerreißen würden. Doch alles blieb ruhig. Nur der Regen prasselte weiter auf sie nieder.

Sie musste ihrem Ziel nahe sein. Und damit war nun Vorsicht geboten.

Anna traf eine Entscheidung. Sie schaltete die Taschenlampe aus.

35

Das Beten war ihm stets leichtgefallen. Die Worte waren vorgegeben, die Gesten waren definiert, es war eine rituelle Handlung und wenig Denken war erforderlich. Allerdings, wurde Lorenzo klar, hatte er zuvor noch nie wie heute versucht, mit seinen Worten wahrhaftig Gott zu erreichen. Das Gebet war eine Geste, sogar eine Geste des Glaubens, aber nie hatte er es so empfunden wie gerade.

Er kniete vor dem Altar, nur von Kerzen beleuchtet. Er folgte dem, was er gelernt hatte, so gut er sich erinnerte. Den Gedanken, dass man ihn letztlich tatsächlich auf so etwas hier vorbereitet hatte, verdrängte er. Darüber wollte er im Augenblick gar nicht weiter nachsinnen.

»Ita Deus Pater, Deus Filius, Deus Spiritus Sanctus.«

Der Sturm draußen gewann noch immer an Intensität und entlud sich nun auch in ersten Donnerschlägen. Die Blitze erhellten die Bleiglasfenster von außen und all die Szenen, auch die Wiedertäufer-Symbolik, erfüllten als bunte Schatten den Raum.

Schatten gab es ohnehin zu viele. Schon das Kirchenschiff hinter ihm war eine zerklüftete Landschaft aus Dunkelheit, mit tiefen Schluchten zwischen jeder einzelnen Bankreihe. Er fragte sich, ob es wohl wirklich so war in der Welt. Spendete nicht jedes Licht, das sie entzündeten, nur neue Schatten?

»Et tamen non tres Dii, sed unus est Deus.«

War er der Richtige für die Aufgabe? Konnte das, was er hier tat, wirklich funktionieren, selbst wenn seine Gedanken zwischen jedem Vers in alle Richtungen drifteten? War er nicht nur ein Hochstapler im Angesicht des Herrn? Müsste er den Herrn nicht längst spüren, irgendein Zeichen der Göttlichkeit? Oder war das genau der Punkt? *Glauben,* sagte Lorenzo sich, war schließlich Vertrauen, und Vertrauen gab man blind. Glauben, nicht Wissen.

»Ita Dominus Pater, Dominus Filius, Dominus Spiritus Sanctus.«

Eine Windböe fegte durch die Kirche. Lorenzo wusste, dass dies nicht sein konnte, er hatte alle Zugänge geschlossen, es ging kein Luftzug durch das Haus. Und doch erloschen die Kerzen vor ihm und hüllten ihn noch mehr in Dunkelheit. Licht bringt Schatten, dachte er erneut, und die Abwesenheit von Licht bringt Dunkelheit. War dies ein Zeichen? Sinnbild der Ausweglosigkeit?

»Et tamen non tres Domini, sed unus est Dominus.«

Etwas regte sich in ihm, als er die heiligen Worte sprach. Ein fremdes Gefühl, und doch in seinem Innersten. Etwas rang seine Kehle herauf, dränge aus dem Inneren seiner Eingeweide nach oben. Ihm war nicht übel, aber er spürte, dass er erbrechen musste. Lorenzo neigte sich zur Seite und Galle drang aus seinem Hals, über seine Lippen und troff auf den Kirchenboden. Doch es schien nicht zu enden, mehr und mehr kämpfte sich aus seinem Körper hervor.

Es war nicht mehr nur Galle, realisierte er, während er unter Krämpfen zur Seite kippte. Schwarz und zäh würgte er unter Schmerzen mehr und mehr Schleim hervor. Pech, realisierte er in seinem Hinterkopf. Das war Pech.

Eine Prüfung.

Man prüfte ihn.

Er nahm alle seine Kraft zusammen, kämpfte gegen das Würgen an, zog sich wieder auf die Knie und presste, den Mund noch immer voll, die nächsten Silben des Ritus' hervor. Mühsam zunächst, dann wieder schneller, setzte er sein

Gebet fort. Während er sprach, entzündete er ein Streichholz und ließ die Kerzen vor sich wieder aufflammen.

Er hatte dieser Prüfung standgehalten.

Sein Körper kam wieder zur Ruhe.

Sein Geist nicht.

36

Die Menge setzte sich in Bewegung. Zufrieden sah Anton, wie die Fackelträger zu den Strohrädern hinüberschritten, Wind und Wetter trotzend, um dem Brauch Folge zu leisten. Er hoffte nur einfach, dass sie alle Recht hatten mit der Theorie, die sie da ersonnen hatten. Die Aufmerksamkeit der Leute war nun vollends auf die Räder gerichtet, Rufe und Anweisungen tönten über den prasselnden Regen hinweg.

Plötzlich standen die Neonazis bei ihm.

»Na, Bürgermeister«, raunte einer.

»Hast gedacht, wir lassen uns das bieten, hm?«, knurrte ein zweiter.

»Deine Schlampe ist uns entkommen, aber die finden wir noch.«

»Nachdem wir dich umgemessert haben, du Linksfaschist!«

Antons Blick ruckte zur Menge, doch niemand beachtete ihn. Die ersten Räder fingen Feuer und erhellten ihre Umgebung, was aber auch bedeutete, dass dort, wo sie gerade standen, die Dunkelheit nur immer dichter werden würde. Das war ein Problem.

Anton verstand sich zu wehren, aber diesmal waren es fünf oder sechs – er war sich nicht sicher, was sich in seinem Rücken abspielte – und die Dunkelheit half nicht. Wie auf Kommando schnappten zwei Messer links und rechts von ihm auf.

»Letzte Worte?«, fragte der mit dem Scheitel.

In diesem Moment kam Unruhe auf den Platz. Leute schrien plötzlich, die Menschentraube um das erste, richtig brennende Rad stob auseinander und nun erkannte auch Anton die Wölfe, die auf den Platz strömten. Scheinbar wahllos schienen sie auf Leute loszugehen – doch Anton entging nicht, dass sie zuerst jene angefallen hatten, die direkt an den Rädern gestanden hatten. Jene, die Fackeln trugen.

Die Neonazis starrten fassungslos.

Anton zögerte nicht länger.

Seine Hand schnellte vor, griff das Handgelenk eines der Typen mit Messer und riss es herum. Das Knacken war sogar über den Regen zu hören. Der Neonazi schrie, doch Anton schlug zu, traf den Hals, erstickte jedes weitere Geräusch.

Die zweite Klinge schnellte nun vor, doch der Bürgermeister taumelte zur Seite und die Klinge verschwand – entweder im Dunkel oder im Körper eines anderen, er konnte es nicht sagen. Mehr aus Instinkt trat er flach über dem Boden zur Seite, traf einen Knöchel und schickte einen weiteren Neonazi jaulend fort, dann war sein Glück vorbei. Etwas – keine Faust, vielleicht ein Messergriff oder ein Schlagring – traf ihn am Kopf und schleuderte ihn nun selbst zu Boden.

Übelkeit, Punkte vor seinen Augen, eine Welt aus den Fugen. Zur Seite rollen, in Bewegung bleiben, kein einfaches Ziel bieten. Er wusste, was zu tun war, aber sein Körper verweigerte einen Moment zu folgen, gelähmt vom Schmerz. Dann traf ihn schon der erste Stiefel in die Seite. Er hatte das Gefühl, eine Rippe habe unter dem Tritt nachgegeben, aber immerhin kam er auf alle Viere, schwankte sich auf die Füße, blinzelte den Regen aus seinen Augen.

Dem nächsten Hieb konnte er ausweichen. Diesmal erkannte er den Schlagring im Wiederschein des Feuers und brachte selbst einen halbherzigen Schlag an, ohne großen Erfolg. Einer der Neonazis rammte einfach die Schulter voran in seine Seite und Anton ging erneut nieder. Der nasse Schlamm am Boden stieb auf und sie beide rutschten ein Stück. Sein Gegner war aber offenbar selber verblüfft vom gemeinsamen Sturz und Anton nutzte die Gunst, ihm einen Ellbogen entgegenzuschlagen. Er traf das Gesicht.

Plötzlich war der Kerl mit dem Scheitel wieder da. Das Messer blitzte in seiner Hand und das Grinsen in seinem Gesicht hatte etwas obszönes. Der andere Neonazi lag noch immer auf Anton, die Hände an den Kopf gepresst, und so sehr sich der Bürgermeister mühte, bekam er auf dem feuchten Grund einfach keinen Halt, um sich freizukämpfen.

»Endstation«, brüllte der Scheitelträger.

Anton blickte ihm hilflos entgegen.

Dann waren die Wölfe heran. Einer sprang dem Scheitelträger an den Arm und riss ihn halb nieder, ein zweiter verbiss sich sogleich in seiner Schulter. Aber es waren keine Verbündeten. Ein dritter Wolf kam zähnefletschend auf Anton zu, das Nackenfell gesträubt, den Oberkörper abgesenkt. Anton packte einen der Arme des Neonazis, der noch immer auf ihm lag, und als der Wolf vorstieß, hielt der Bürgermeister ihn vor sich. Die Zähne des Tieres vergruben sich in dem Arm, rissen daran, und gaben Anton so endlich den Moment, sich unter dem Körper freizukämpfen.

Er kam auf die Beine, brachte ein gutes Stück Abstand zwischen sich und den Kampf und versuchte, einen Überblick zu erlangen. Es schien ein ganzes Wolfsrudel zu sein. Drei davon beschäftigten die Neonazis, der Rest tobte durch die Menge. Alle hatten die Räder verlassen und mit Schrecken sah Anton, wie das Feuer langsam Holz und Stroh verzehrte, ohne dass sie bereits in Rollen gekommen wären.

Schwankend und humpelnd setzte sich Anton in Bewegung.

37

Die Lichtung wirkte beinahe friedlich. Die beiden Frauen hätte man auch auf einen ersten, flüchtigen Blick für Freunde oder gar Liebende halten können. Anna wusste es besser. Die eine war ein junges Mädchen, nur mit Jeans und T-Shirt viel zu leicht angezogen für das Wetter. Angst zeichnete ihr Gesicht. Lydia.

Die andere Frau hockte erhoben über ihr. Ihr älteres, schmales Gesicht wirkte ungewöhnlich ausgemergelt, die Schatten darin schienen ein Eigenleben zu haben und die Augen stachen gelblich hervor. Das musste Inga Borchert sein.

Die Haushälterin trug ein langes, weißes Kleid, das schon uralt sein musste. Es schien nicht richtig zu passen, für einen anderen Körper geschneidert, doch zugleich verlieh es ihr etwas sakrales.

Kerzen hatten die beiden Frauen umsäumt, aber der Regen hatte sie bereits erlöschen lassen. Inga spie Worte hervor, die teils wie Latein, teils aber auch wie eine ganz andere Sprache klangen. Und dann hob sie mit einer Hand den Taufkelch aus der alten Kapelle und mit der anderen Hand ein spitzes, ausnehmend schlankes Messer.

In diesem Moment stürzte Anna vor, überbrückte die Lichtung mit wenigen großen Schritten und sprang ohne weiter nachzudenken der hockenden Frau entgegen.

Der Widerstand war härter als erwartet. Zwar konnte sie Inga umreißen, aber es war dennoch, als habe sie eine

Steinsäule angesprungen. Keuchend schlug Anna auf dem Boden auf, und sofort war die andere Frau über ihr.

»Was wagst du es?!«, fauchte sie, und schlug Anna den Taufkelch ins Gesicht. Blut und Schmerz explodierten in ihrem Kopf und ein Schrei entwich gequält ihrer Kehle. Inga holte noch zu einem zweiten Schlag aus, schien ihren Gegner aber für besiegt zu halten und wandte sich wieder ihrem eigentlichen Opfer zu.

Anna versuchte sich hochzustemmen, doch schien ihr Körper kaum Folge zu leisten. Inga fiel wieder auf die Knie, rittlings auf Lydia herab, und begann erneut ihren Ritus. Anna zog sich auf die Beine, und berührte dabei etwas in ihrer Jacke. Ohne zu zögern ergriff sie die Dose, war mit einigen Schritten wieder an Inga dran und entlud das Pfefferspray, das sie noch immer bei sich führte, in das Gesicht der Hexe. Sie musste nah heran, damit es trotz des Regens irgendetwas bewirkte – aber es wirkte. Inga schrie auf und schlug erneut unkontrolliert zu. Diesmal traf ihr Stilett. Die Klinge drang tief in Annas Arm und erneut schrie die Reporterin auf. Sie trat nach der Haushälterin, doch anstatt diese von Lydia herunterzutreten, warf sie sich an dem schier unbeugsamen Leib selbst um und schlug hart auf dem Waldboden auf.

Immerhin hatte sie Ingas Aufmerksamkeit. Die gelblichen Augen nun mit roten Schleiern durchzogen, trat die Haushälterin zu Anna herüber und ließ sich in der gleichen Position rittlings auf ihr nieder. Ein Blitz fuhr einmal über den gesamten Himmel und für einen kurzen Moment war es Anna, als säße eine andere Frau auf ihr. Jung. Schön. Geradezu unnatürlich makellos.

Auf den Blitz folgte neuerliche Finsternis und ein weiterer Schlag mit dem Kelch traf diesmal zwar nicht richtig, rang Anna aber erneut nieder.

»Dann halt zuerst du!«, fauchte die Besessene und hob die Klinge erneut.

38

Lorenzos Worte hatten mittlerweile wieder den gefassten, methodischen Klang, den man von einem Geistlichen erwartete. Silbe für Silbe, Wort für Wort folgt er den Riten und sprach seine Weihe über die Ascheschale vor sich.

Plötzlich bemerkte er eine Bewegung aus Richtung des Altarkreuzes. Zuerst schien es ihm im Halbdunkel, als wäre es der Heiland, der auf ihn zuschreite, doch es war eine andere Person. Es gab dort keine Tür, und er war sich sicher, dass dort zuvor niemand gewesen war.

Der nächste Blitz erhellte den Raum und Lorenzo erkannte die Gestalt einer schlanken Frau in einem langen, weißen Gewand. Unbeirrt trat sie zu ihm herüber und kniete ihm gegenüber ab.

Etwas Unnatürliches haftete ihren Bewegungen an, als würde Lorenzo den Körper, aber nicht die Bewegungen eines Menschen sehen. Sie kniete nieder und lächelte ihn provokant an. Ihr porzellangleiches Gesicht wirkte perfekt, von einem Künstler in exakter Symmetrie geschaffen. Der Schein der Kerzen fing sich in ihren Augen und ihm war, als könne er in der Schwärze darin untertauchen.

In diesem Blick lag Erkenntnis. Erkenntnis des Scheitern, seines Scheiterns. In ihrem Blick sah er Enttäuschung, die Belustigung in ihren Mundwinkeln war ein Spiegel seines Versagens. All sein Streben, sein Glauben, schien vergeben. Gott war nicht an diesem Ort, so schien es, Gott war sicherlich nicht in seinen Gedanken. Die

Lippen der Frau formten ein »oh«, auch dies ein Laut der Ernüchterung.

Doch es schien irgendwie in Ordnung zu sein. Sie wusste, dass er gescheitert war. Sie verdammte ihn nicht dafür, sie hatte es vorher gewusst. Nein, korrigierte er sich. Nicht sie, sondern das, was in ihr war. Sie trug eine Macht in sich, eine uralte, vergessene Kraft, und im Antlitz dieser Macht konnte er nur entmutigt eingestehen, dass er nicht geeignet war zu vollbringen, was er hier unternommen hatte.

Er blickte in die tiefen Brunnen ihrer Augen, und im Antlitz ihrer Makellosigkeit wurde ihm klar, wie absurd es eigentlich war, noch Gegenwehr zu leisten.

Plötzlich gab der Boden unter ihm nach. Erst nur leicht, doch dann immer schneller sank er ein, denn der Stein, auf dem er gekniet hatte, war zu schwarzem, triefendem Schlamm geworden. Zu Schlacke.

Diese Schlacke umfing ihn, umschloss ihn, ließ ihn nachgeben. Das Gesicht der Frau schien ihn zu bekräftigen. Er konnte nun einfach aufhören, sich zu wehren. Er konnte es geschehen lassen.

Er war besiegt.

Und das war in Ordnung.

Irgendetwas in ihm rang dagegen an, doch schon war er bis zur Hüfte in der Schlacke verschwunden, dann bis zum Hals. Sein Blick in die Kirche verzerrte sich, die Buntglasfenster ragten nun ganz steil vor ihm in die Höhe. Die Frau erhob sich wieder und fuhr sich mit der Hand über ihr weißes Gesicht. Schwarze Schlackestreifen rannen ihre Wangen hinunter, tränengleich.

Sie blickte auf ihn herab, und dann schloss sich die Schlacke über ihm. Er war nun ganz Teil der Erde dieses alten Landes. Regen, Wind, Blitz und Donner waren an der Oberfläche geblieben. Vollkommene Stille hatte ihn umfangen. Er konnte nicht atmen. Als er es dennoch versuchte, drang der Schleim in seinen Rachen und begann nur weiter, ihn zu ersticken.

Er war besiegt.

Und das war in Ordnung.

39

Die Hitze des brennenden Rades war gewaltig. Anton war auf einige Meter herangekommen, musste nun aber, den Arm schützend vor seinem Gesicht, wieder zurückweichen. Normalerweise wurden die Feuer entfacht und die Räder angestoßen, bevor die Flammen auf das gesamte Gestell übergreifen konnten, doch diese Chance hatte man ihnen genommen. Ratlos sah sich Anton um.

Noch immer tobten die Wölfe unter den Bürgern. Erich hatte offenbar zwei mit seiner Dienstwaffe ausgeschaltet und auch andere setzten sich zur Wehr, doch wenngleich Anton zu schätzen wusste, dass ihm dies hier Zeit erkaufte, so half ihm das alles bei dem Rad nicht weiter.

Was konnte er tun? Die Flammen stoben immer höher auf, Funken und Regen tanzten einen arglistigen Reigen miteinander. Dann fiel sein Blick auf das Rednerpult, und mehr noch, auf den Fahnenmast dahinter.

Sofort setzte sich Anton in Bewegung. In wenigen schnellen Schritten war er dort und beäugte die Konstruktion. Der Mast wurde mit Flügelmuttern gehalten – das war gut, die konnte er von Hand lösen. Sie saßen stramm, aber unter Aufbringung aller Kraft löste Anton eine nach der anderen.

Nachdem er drei gelöst hatte, gab die gesamte Halterung unter dem Gewicht des Mastes und im zerrenden Wind nach, die vierte Schraube brach und die lange Metallstange kippte zu Boden. Ihr Aufschlag im Schlamm war laut zu hören. Ein dünnes Stahlseil riss surrend aus der Verankerung und verfehlte Antons Gesicht nur um Haaresbreite. Doch die Stange war schwer. Anton konnte sie anheben, konnte sie vielleicht sogar in der Mitte packen und zu den Rädern tragen, aber für einen Hebel würde es nicht reichen.

Das Rad brauchte nur einen ersten Stoß, über die Halterung hinaus, den Rest würde der Hang erledigen. Aber den einen Stoß, den brauchte es. Eines nach dem anderen, zwang der Bürgermeister sich zu sagen.

In der Mitte gegriffen balancierte er die schwere Stange zu den Rädern. Einmal glitt er im Schlamm aus, aber er kam näher. Zu spät sah Anton den Wolf aus der Dunkelheit herankommen. Er hielt noch immer den Mast in den Händen, und der Mast wiederum hielt ihn an Ort und Stelle, sodass Anton nur wehrlos zusah, wie der Wolf mit geifernden, gebleckten Zähnen auf ihn zurannte und zum Sprung ansetzte.

Ein Schuss peitschte.

Der Wolf fiel.

Dann war Erich bei ihm, griff das hintere Ende des Mastes und nickte ihm zu.

»Tun wir's!«

Anton wusste nicht, warum jemand außer ihm in diesem Moment die Räder wichtig fand. Vielleicht hatte Erich einfach nur Angst, das Feuer könnte sich hier oben weiter ausbreiten. Bei dem Regen unwahrscheinlich, aber Anton würde das nicht in Frage stellen.

Hart rammten sie den Fahnenmast gegen das Rad, das auch in der Halterung wippte, schließlich aber mit seinem enormen Gewicht zurück in die Fassung rollte. Der Schlag, der durch den Mast ging, trieb den beiden fast die Stange aus den Händen. Flammen schlugen aus dem Rad empor und Funken stiegen in die Nacht, als das Holz wieder auf dem Boden auftraf. Sie versuchten es erneut. Und erneut.

Ohne Erfolg. Das Feuer schien geradezu wütend inmitten der Konstruktion zu fauchen, aber das Rad ließ sich nicht aus seiner Halterung befreien.

Anton, in der Mitte der Stange, spürte den hungrigen Sog der Flammen. Er fühlte, wie sein Gesicht trocknete, wie seine Lungen sich zunehmend mit dem dampfenden Rauch des Brandes füllten. Erich hinter ihm schnaufte, und auch wenn er nicht locker ließ, wusste Anton, dass sie beide nicht allzu viele Versuche haben würden.

Sie stießen erneut gegen das Rad. Ohne Erfolg.

Eine neuerliche Bewegung im Augenwinkel ließ Anton zusammenfahren. Er machte sich unweigerlich auf den Schmerz bereit, wenn ein Wolf sich in ihn verbeißen würde – und dann war Chris neben ihm, vor ihm, umfasste die Stange weit vorne, wo das Metall schon glühen musste.

Die Fahne mit dem Dorfwappen war selbst schon lange in Flammen aufgegangen und bot zusammen mit dem Rad einen infernalischen Hintergrund, vor dem sich der junge Mann zu den beiden umdrehte und gegen den Lärm anbrüllte: »Auf drei!«

Zu dritt stießen sie mit aller Kraft gegen das Rad, vor Anstrengung und Schmerz schreiend – und trieben es über die Verankerung.

Zuerst ganz langsam, wie in Zeitlupe, dann aber immer schneller begann es zu rollen. Das Poltern des Holzes, das Lodern des Feuers, das Fauchen der Flammen, der Lärm war beachtlich. Doch es rollte. Es rollte, wurde schneller, immer schneller, die Flammen an manchen Stellen blau gefärbt, und dann ging es über die Klippe.

Einige Sekunden drehte es sich im freien Fall weiter, drehte sich unweigerlich seinem Ende entgegen. Und schlug auf, in einer Wolke aus Flammen, Holz, Rauch, Schlamm und Regen.

40

Irgendetwas war passiert. Anna verstand es nicht, gerade noch hatte Inga sich bereitgemacht, sie zu töten, doch nun kreischte die Frau auf, schlug beide Hände vors Gesicht und rang einen unsichtbaren Kampf mit sich.

Anna hatte nicht vor, höflich zu warten, bis sie wieder bereit war. Ohne viel Geschick schlug sie einige Male hart auf die Frau ein, die nun auch weniger unnachgiebig wirkte als noch zuvor. Schließlich bäumte sich Anna auf, stemmte sich gegen den nassen Boden und warf Inga von sich. Die kreischte noch immer und wand sich unkontrolliert in widernatürlichen Bewegungen. Annas Blick ruckte zwischen ihr und Lydia hin und her.

Das Mädchen regte sich nur unwesentlich. Sie floh nicht, sie kam nicht auf die Beine, sie schien völlig neben sich. Hatte Inga ihr Drogen gegeben? War Lydia verletzt? Krank?

Anna kniete neben ihr ab, schob sich erneut die Haare aus den Augen und untersuchte das Mädchen, so gut sie konnte. Sie war ausgekühlt, wie es zu erwarten war, aber wies keinerlei äußere Verletzungen auf. Ratlos gab Anna ihr eine leichte Ohrfeige, doch das brachte Lydia ebenfalls nicht zurück.

»Ihre Seele!«, zischte es einige Meter entfernt. Inga hockte dort, scheinbar langsam wieder Herrin ihres Körpers. Falls es noch Inga Borchert war, die dort die Kontrolle hatte. »Ihre Seele ist bereit! Die Taufe hat begonnen!«

War es das? Nicht Unterkühlung? Entkräftung?

Stimmte es wirklich?

Hatte Inga begonnen, Lydia zum Gefäß einer fremden Macht zu machen?

Die besessene Haushälterin lachte manisch in den Regen hinein.

»Du hast verloren!«, kreischte sie, »nichts kann mich noch aufhalten!«

Anna blickte erneut auf Lydia. Leere Augen sahen sie an. War es möglich?

»Willst du die Nächste sein?«, kicherte Inga. »Das zweite Gefäß? Gescheitert bist du ja ohnehin schon!«

Annas Gedanken rasten, während Inga zitternd auf die Beine kam.

Sie dachte an Anton. Sie dachte an Chris. Sie dachte an Lorenzo.

Lorenzo!

Sie wandte den Kopf wieder Lydia zu, legte eine Hand an die kalte Wange der jungen Frau.

»Ja!«, keifte Inga. »Erblicke die Macht! Den Kräften dieses Landes hast du nichts entgegenzusetzen.«

Entschlossenheit kroch in Annas Gesicht, ein leichtes Lächeln stahl sich auf ihre Lippen. Inga war offenbar alarmiert und setzte sich in Bewegung. Anna fixierte das Mädchen vor sich.

Für einen Augenblick schien die Zeit stillzustehen. Ein Blitz erhellte die Lichtung. Inga, wie sie durch den Regen zu den beiden anderen taumelte. Lydia, wie sie reglos dort lag. Anna, wie sie aufrecht an ihrer Seite kniete. Alle umschlossen von einem endlosen Sternenmeer aus leuchtenden Regentropfen.

»Ich taufe dich«, brüllte Anna in die Nacht hinaus und zeichnete mit schlammigen Fingern ein Kreuz auf ihre Stirn, »im Namen des Vaters und des Sohnes und des Heiligen Geistes!«

Mit einem manischen, wütenden Schrei riss Inga sie nieder.

41

Es war *nicht* in Ordnung.

Dunkelheit und Licht, der ewige Widerstreit. Des Teufels Werk und Gottes Saat. Lorenzo war über den Punkt hinaus, an dem er klare Gedanken fassen konnte. Einzig noch Konzepte erfüllten seinen Geist. Umschlossen vom schwarzen Nichts, Augenblicke vom eigenen Tod entfernt. Der letzten, der endgültigen Kapitulation. Dem Ende seines Leides.

Aber es war nicht in Ordnung.

Der Druck auf ihm, die dunkle, lastende Kraft, schien für einen Moment nachzugeben, und dieser eine Moment reichte, damit etwas in ihm, *Fra Laurentio*, wieder erwachen konnte.

Er hatte eine Aufgabe. Nein, mehr als das. Er hatte eine Mission. Es ging um mehr als ihn, es ging um alles, an das er je geglaubt hatte. Und ganz gleich, welche Zweifel ihn erfüllen mochten, er glaubte an den einen Gott, den allmächtigen Vater, den Schöpfer des Himmels und der Erde, alles Sichtbaren und Unsichtbaren. Er *glaubte*.

Es. War nicht. In Ordnung.

Und er war nicht besiegt.

Es war, als ergriffe ihn etwas, als zöge ihn etwas nach oben. Ja, ein Sog hatte ihn gepackt und entriss ihn der Schlacke. Er durchbrach den Boden, erblickte die Buntglasfenster, die Kerzen, den Altar und die Ascheschale. Er erblickte auch die Frau in ihren weißen Gewändern, wie sie vor ihm zurückwich. Sie wirkte angeschlagen, nicht länger makellos. Ihre Anmut war etwas Abstoßendem gewichen.

Lorenzo war zurück, der Boden, auf dem er sich verzweifelt abstützte, war wieder aus Stein. Ein weiteres Mal in dieser Nacht spie er Schlacke auf den Boden. Dann setzte er den ersten Fuß auf die steinernen Fliesen. Den zweiten Fuß. Dann erhob er sich, stand aufrecht im Schein der Kerzen, blickte auf die weichende, weiße Gestalt, auf die Asche, auf den Heiland am Kreuze.

»Oremus!«, intonierte er. *Lasset uns beten.* Vers für Vers beendete er sein Gebet, die Stimme fest, seine Haltung sicher. Er spürte den Schmerz in seiner Lunge, den die Schlacke hinterlassen hatte, doch seine Gedanken waren unbeirrbar. Jedes seiner Worte trieb die Gestalt weiter in den Schatten zurück, aus dem sie getreten war, bis sie kaum noch etwas war als ein Schemen am Fuße des Kreuzes.

»Ab insidiis diaboli, libera nos, Domine!«
Herr, befreie uns von den Nachstellungen des Teufels.
»Amen!«

42

Die Hände der Haushälterin drückten Annas Gesicht nieder in den Schlamm. Es hatte sich etwas geändert. Die unnatürliche Stärke, die sie vorher an Inga gespürt hatte, war fort. Aber Annas Kraft schwand ebenfalls. Die Verletzungen des Kampfes, die Schmerzen in ihrem Körper, hatten sie an Grenzen geführt. Schon bei der Nottaufe war es ihr schwergefallen, gegen die Übelkeit anzukämpfen, doch der letzte Zusammenstoß mit ihrer Gegnerin hatte ihr vielleicht ein letztes Mal die Luft aus den Lungen getrieben.

Inga hatte Kelch und Messer bei dem Zusammenstoß eingebüßt, aber war Anna körperlich dennoch überlegen gewesen.

Nun drückten die vermutlich ganz natürlichen Hände der wahnsinnig brüllenden Haushälterin ihr Gesicht in den Schlamm, und Anna merkte, wie ein Beifahrer im eigenen Kopf, dass ihr die Sinne schwanden. Sie schlug mit den Beinen aus, mit den Armen, aber sie konnte die Frau nicht erreichen. Zuerst hatte sie sich gewunden, doch ihre Bewegungen wurden zugleich ungelenk und langsamer. Es war ein Moment seltsamer Klarheit, und sie erkannte, dass sie nun vielleicht sterben würde.

Sie wurde schwächer. Und schwächer.

Irgendeine Faser ihres Seins registrierte, dass der Regen scheinbar aufgehört hatte. Oder spürte sie ihn nur schon nicht mehr?

Schwächer. Und schwächer.

Und dann riss etwas Inga von ihr herunter. Die Verrückte gab einen letzten, spitzen und dann abgehackten Schrei von sich und war fort. Hatte Gottes Strafe sie ereilt?

Hände griffen Annas Schultern und drehten sie auf den Rücken, holten ihr Gesicht aus dem Schlamm. Sie hustet, spie, und dann, als sie konnte, sog sie begierig Luft in ihre schmerzenden Lungen. Atemzug für Atemzug, keuchend und völlig auf dieses eine Gefühl konzentriert, hätte sie geschrien, wenn sie nur gekonnt hätte.

Nun, endlich, fiel ihr Blick auf Inga. Sie lag dort, reglos, vielleicht tot, im Schlamm. Ihr eigenes Messer steckte tief in ihren Rippen.

Annas Kopf fuhr zur Seite. Neben ihr hockte Lydia, das Gesicht noch immer bleich, aber die Augen endlich voller Regung. Sie starrte ebenfalls zu Inga herüber, die blutbesudelten Hände noch immer nahe Annas Schulter.

Der Regen hatte wirklich geendet.

Anna zog sich hoch, wenigstens bis auf die Knie, und wandte sich an Lydia. Ohne zu fragen legte sie die Arme um die junge Frau und in jenem Moment der Berührung brachen Tränen aus ihnen beiden hervor. Sie knieten dort, im Schlamm, und weinten, ohne sagen zu können, welches der unzähligen, tosenden Gefühle überwog.

43

Unter gewaltigem Tosen setzten sich die nächsten Räder in Bewegung. Flammen leckten an Stroh und Holz empor, als die Bürger Eschenfelds die schweren Konstruktionen einmal in Bewegung setzten. Fauchend rauschten sie in die Tiefe und gingen in kleinen Feuerbällen auf, wenn sie am Fuß des Abhangs aufschlugen.

Anton blickte dem letzten Rad hinterher. Er hatte nach dem ersten Rad gar nichts mehr machen müssen, denn die Bewohner der Ortschaft waren in die Bresche gesprungen. Erschöpft setzte sich der Bürgermeister auf den Stufen seines Rednerpultes nieder und legte den Kopf in den Nacken.

Der Regen hatte aufgehört, und nun klarten sogar die Wolken auf und gaben den Blick frei auf einen wundervollen Sternenhimmel. Anton hoffte, dass es Anna und Lorenzo gut ginge, aber er wollte es für den Moment einfach annehmen, denn wie es schien, waren sie erfolgreich. Auch wenn er noch immer unsicher war, womit sie erfolgreich gewesen waren.

Erich hatte sich bisher um Chris gekümmert, der sich einige unangenehme Verbrennungen zugezogen hatte, aber nicht in Lebensgefahr schwebte. Nun stemmte sich der dicke Polizist in die Höhe und trat zu Anton herüber. Die ganze Konstruktion ächzte vernehmlich, als er sich neben dem Bürgermeister auf die Treppe sinken ließ und einen Moment beschauten sie sich das Treiben gemeinsam.

Die Bewohner des Ortes wirkten auf eine absurde Weise ausgelassen. Sie lebten. Es gab einige Verletzte, einige

Schwerverletzte, und dort scharten sich Angehörige um sie, um auf die Rettungswagen zu warten. Die meisten Leute aber standen vorne an der Klippe und beschauten sich offenbar das Schauspiel der Flammen dort unten, dessen gelblicher Wiederschein auch die Konturen oben noch erreichte.

Die Neonazis waren fort. Anton würde sich früher oder später damit auseinandersetzen müssen, aber in diesem Moment war es ihm egal, ob der Wolf sie sich geholt hatte, oder ob sie geflohen waren. Er würde morgen Anzeige erstatten, und dann würde das seine Wege gehen. Oder nicht.

Anton lehnte den Kopf zurück und schloss die Augen. Jetzt war nicht die Zeit für solche Pläne. Er wollte einfach nur schlafen. Seine Gedanken und Erinnerungen kehrten zum Morgen des Tages zurück – und damit zu Anna. Es war kein klar artikulierter Gedanke, mehr ein ganzes Bündel, das sich geschlossen in seinem Geist entfaltete. Aber er konnte noch nicht schlafen, er musste sie suchen gehen.

Mühsam kam er auf die Beine.

»Das war geistesgegenwärtig«, sagte Erich anerkennend.

Anton blickte ihn verwirrt an.

»Dass das Feuer der rollenden Räder die Wölfe vertreiben würde«, erklärte der Polizist, »das war echt geistesgegenwärtig. Da wäre ich nicht drauf gekommen.«

Anton lächelte müde. »Ja. Ich bin sicher, dass es das war.«

Und dann machte er sich auf Richtung Wald.

Rauch

Ostermontag.

Epilog

Die Kirche war voll. Jeder, der nicht daheim einen Verletzten pflegen musste und der dazu in der Lage war, war gekommen. Lorenzo stand dort am Altar, ganz in der Rolle als Priester, und las die Messe mit einer Inbrunst, wie sie das Gotteshaus wohl lange nicht erlebt hatte.

Er nahm viele Bezüge zur vergangenen Nacht und er versuchte, den Leuten so etwas wie einen Anker, aber auch einen Schlussstrich zu geben. Er sprach von Ostern, sprach die erwarteten Formeln, aber weder war dies eine alltägliche Osterandacht, noch hätte irgendjemand im Ort das gewollt.

»Ostern«, sagte er zur Gemeinde, »ist ein Teil der Leidensgeschichte Jesu. Aber durch seine Auferstehung ist es auch ein Ausdruck der Hoffnung auf Erlösung.«

Anton war sich sicher, jeder in der Kirche spürte in diesem Moment den Bezug zu sich selbst, zu ihnen als Gemeinschaft. Dennoch erhob sich der Bürgermeister leise und trat aus der Kirche. Geblendet vom hellen Licht brauchte er einen Moment, bis er Anna sah. Sie saß auf einer Mauer am Rande des Kirchplatzes, den Blick von außen auf die Fenster des Gotteshauses gerichtet.

Er schlenderte zu ihr herüber, die Hände in den Jackentaschen, so leger sein schmerzender Körper es erlaubte, und setzte sich dann neben sie. Er blickte nicht zu den Buntglasfenstern, er blickte zu ihr.

Schließlich wandte sie auch ihr Gesicht zu ihm und zog fragend die Nase kraus. Als er nicht darauf einging, nickte sie vage mit dem Kopf Richtung Kirche.
»Macht er gut, oder? Lorenzo.«
»Ist sein Job«, sagte Anton.
»Ich denke, wir sind die letzten Tage alle über unsere ›Jobs‹ hinausgegangen. Das gestern war nichts für einen Bürgermeister, oder eine junge Frau mit einem Podcast-Projekt.«
»Und jetzt?«, fragte er schließlich. »Ostern abgehakt, zurück in die große Stadt mit dir?«
»Ich denke, das eilt noch nicht«, verneinte sie. »Ich habe genug Stoff für mehr als eine Folge, und hey, ich kann ja generell von überall arbeiten, wo ich Internet habe.«
»Bei mir gibt's Internet«, murmelte er kleinlaut. Anna schenkte ihm ein Lächeln, neigte den Kopf dann aber, um an ihm vorbeischauen zu können. Er folgte ihrem Blick und erkannte die zwei Gestalten. Die blauen Haare waren aus der Ferne schon unverkennbar.
Anja und Roman kamen herüber und setzten sich zu ihnen auf die Mauer.
»Wir haben im Radio gehört, was vorgefallen ist«, sagte Anja nur.
»Ich bezweifle das«, murmelte Anton. »Jedenfalls nicht das Gesamtbild.«
»Schätze morgen kommt's auch in die Zeitung«, mutmaßte Anna.
»Zeitungen sind langsam«, bemerkte Roman und wirkte dabei, als sei er über seine eigenen Worte verwundert.
»Wie geht es denn dem Mühlenheimer-Mädchen?«, fragte Anja.
»Lydia ist noch im Krankenhaus, glaube ich«, erklärte Anna. »Sie ist unterkühlt und hat zu wenig gegessen, aber ansonsten ist sie erstaunlich unversehrt. Körperlich.«
»Und euch?«

»Schätze uns geht es auch soweit gut. Körperlich«, erklärte Anton.

»Stresssyndrom braucht eine Weile, bis es zündet.«

»Danke, Roman«, fuhr Anja fort. »Wollt ihr über eure Sicht der Dinge reden?«

»Es gibt da zwei Varianten«, sagte Anton nach einer gedehnten Pause. »Entweder hat eine verrückte Haushälterin den Priester ermordet, mehrere Brände gelegt und ein junges Mädchen entführt, während wir ein tollwütiges Wolfsrudel mit brennenden Rädern vertrieben haben.«

»Oder?«, hakte Anja nach.

»Oder die Haushälterin war von dem Geist der Wiedertäufer-Hexe Thea Krahforst besessen und hat versucht, eine dunkle Macht in den Körper eines jungfräulichen Mädchens zu taufen.«

»Eine *alte,* dunkle Macht«, korrigierte Roman.

»Wenn ihr beiden möchtet«, bot Anja an, »können wir uns deshalb mal treffen. Nicht nur wir vier. Wir kennen wie ihr wisst einige, denen solche Dinge widerfahren sind und Tobias, mein Mann, glaubt, darin einige Muster erkannt zu haben.«

»Vor einigen Tagen hätte ich euch als Spinner abgetan«, stellte Anton fest.

»Und jetzt?«

»Jetzt bin ich unsicher. Ich denke ich habe Interesse. Anna, wie ist es mit dir?«

»Man hat mir ein Angebot gemacht, noch etwas in der Eifel zu bleiben«, sagte sie mit einem Lächeln in Antons Richtung. »Ich denke, das nehme ich an.«

»Abgemacht.«

Roman und Anja machten sich bald wieder auf den Rückweg, aber Anna und Anton blieben noch bis zum Ende der Messe auf der kleinen Mauer vor der Kirche sitzen.

Die Sonne schien auf sie herab, als wolle sie ihnen mit ihrer Wärme an diesem ansonsten kühlen Vormittag versichern, dass dies Wirklichkeit war. Sie waren beide am Leben, und sie saßen gemeinsam dort auf dieser Mauer.

Und das war im Augenblick alles, was sie brauchten.

Nachwort

Bisher hat sich keines meiner Bücher so sehr von selbst geschrieben wie dieses hier, und dennoch war zugleich keines meiner Bücher so schwer zu schreiben.

In der Neujahrsnacht 2017 verstarb meine Mutter. Mein Vater und ich, wir hatten die Tage zuvor bei ihr Wacht gehalten, und ihr letzter Wunsch, das neue Jahr noch zu erreichen, wurde ihr erfüllt, wenn auch nur um einige Stunden. In den Tagen zuvor und in den Tagen danach, in den seltsamen, stillen Momenten, in denen ich nicht an ihrem Bett saß, sind viele Teile der Erstfassung dieses Textes entstanden. Es war ein geradezu rauschhaftes Schreiben. Wenn Lesen schon für viele Leute eine Flucht aus der Wirklichkeit sein kann, so war das Schreiben für mich regelrecht eine *Zuflucht*.

Das eigentliche Konzept des Buches war schon älter, ich hatte schon daran gearbeitet, aber an jenen Tagen öffnete sich ein Ventil und es schrieb sich, wie man sagt, wie von selbst. Und danach habe ich dann noch mal Monate investiert, daraus einen kohärenten Text zu formen. Denn das war die erste Fassung in Teilen nur bedingt.

Während dieser Bearbeitung dann erkrankte auch mein Vater, um nach einer mehrmonatigen Krankenhaus-Odyssee ebenfalls zu versterben. Danach musste dieses Buch eine ganze Weile ruhen, denn erst einmal musste ich mich selbst sammeln und, nachdem ich in 14 Monaten beide Elternteile verloren hatte, mein Leben erst einmal neu sortieren.

Das Schreiben wie auch das Lesen sind, wie ich sagte, Wege für mich, dem Alltag zu entfliehen, aber in dieser Phase, nach diesem zweiten Schicksalsschlag, fiel es mir schwer, diese Türen in meinem Kopf zu öffnen und es dauerte eine Weile, bis ich den Zugang zur eigenen Phantasie wieder fand.

*
**

Dabei beruht dieses Buch, wie schon mein *Schleier aus Schnee* zuvor, auf einer ganzen Reihe wahrer Versatzstücke, und ein paar wahren Inspirationen, die mit dem Garn der Phantasie zu etwas Neuem verwoben wurden. Die Eifel, wie sie schon in *Verfluchte Eifel* bei mir ein dunkles Pendant erhalten hat, war natürlich von Anfang an da. Auch wenn ich zugeben muss, dass sich dort noch eine zweite, schöne Region eingemischt hat, denn nach diversen ausgedehnten Wanderurlauben im Schwarzwald waren da Bilder in meinem Kopf, die einfach mit in dieses Buch mussten.

Das leerstehende Erholungsheim Rosenwasser etwa, ist stark inspiriert vom Hertie-Erholungsheim in Lenzkirch, einer lange leerstehenden Ruine der Neuzeit, die auch auf den klangvollen Namen Georg-Karg-Anlage hört. Das erste Mal, als wir wandernd dort vorbeikamen, konnte man durch die milchigen Scheiben noch die Dekoration irgendeines Festes sehen, die abzuhängen sich niemand mehr die Mühe gemacht hatte. Das musste einfach rein. Heute, als ich das hier schreibe, hat das Haus meine ich wieder einen neuen Besitzer und die Zeit als Schauerruine hat damit wohl ein Ende. Die Wurzeln als Reichsschulungsburg Starenflug hier im Roman sind hingegen auf der realen Nazi-Ordensburg Vogelsang aufgebaut, und damit sind wir zurück in der Eifel, gar nicht weit entfernt von meiner Heimat.

Verdorbene Asche setzt dabei allerdings auch, wie schon *Schleier aus Schnee* zuvor, den unerfreulichen Trend fort, dass kein Schrecken, den ich mir ausdenken vermag, nicht von der Realität eingeholt werden kann. Zum Zeitpunkt der Veröffentlichung dieses Buches ungefasst treibt ein Brandstifter sich in der Ecke der Eifel herum, in der ich einst aufgewachsen bin und in der ich heute wieder lebe. Es bleibt zu hoffen, dass dieser nun bald dingfest gemacht werden kann, denn „Feuerteufel" geben zwar spannende Geschichten ab, sollten aber auch darin verbleiben.

Auch die Wiedertäufer waren übrigens eine reale Bewegung, auch wenn sie natürlich keine dunklen Mächte beschworen haben. Aber allein, dass es diese kultische Bewegung in der Region gegeben hatte und ich erst im Jahr zuvor das erste Mal darauf gestoßen war, hatte den Willen geweckt, damit auf jeden Fall mal etwas zu machen. Generell gilt natürlich, das immense Aspekte der religiösen Faktoren im Buch erfunden sind; oft aber angelehnt an wirkliche, kirchliche Elemente. Schon *Verfluchte Eifel* hat ja den Präzedenzfall geschaffen, dass katholische Priester offenbar die wahre Macht haben, die Dämonen und Geister der Eifel zu bannen. *Fra* Lorenzo ist, denke ich, die logische Fortsetzung dieser Idee. Ob Pfarrer Michael im vorigen Buch auch Dominikaner war? Vielleicht gehen wir dem ein anderes Mal, in einer anderen Geschichte nach.

Apropos andere Geschichten – natürlich gebührt da an dieser Stelle noch ein besonderer Dank an Judith Vogt. Nicht nur, dass in ihrem dritten *Geister des Landes*-Band, *Aus der Tiefe*, ihrerseits zwei Figuren aus *Verfluchte Eifel* einen Gastauftritt hatten, sie erlaubte mir zudem, in der ersten Begegnung von Anton, Anna, Roman und Anja meinerseits kleine Referenzen zu ihren Eifel-Mythos-Streitern einzubauen. Unser Eifel-Mystery-Shared-Universe, wenn man so will.

Überhaupt war es toll, zu meinen Figuren aus *Verfluchte Eifel* zurückkehren zu können. Es war bemerkenswert, wie leicht sie sich auch nach all den Jahren einfach fortschreiben ließen. Ich denke, wir werden uns auch nicht das letzte Mal gesehen haben. Übrigens steckt in einem Nebensatz dieses Buches auch schon der Anker für eine andere, weitere Eifel-Grusel-Idee in meinem Kopf, und wir werden ja gemeinsam sehen, ob ich sie einmal aufgreifen werden.

✺

Durch den Bezug zu *Verfluchte Eifel* schließt sich der Kreis aber auch noch auf eine andere Art und Weise. *Verfluchte Eifel* war das letzte Buch, das meine Mutter gelesen hat. Und ich möchte dieses Buch hier einfach mit der Hoffnung beschließen, dass ihr *Verdorbene Asche* auch gefallen hätte.

Triggerwarnungen
Dieses Buch beinhaltet körperliche Gewalt, angedrohte sexuelle Gewalt, religiöse Themen, Neonazis, Konfrontationen mit aggressiven Tieren, detaillierte Beschreibungen von Gebäudebränden sowie Elemente klassischer Horrorgeschichten (insbesondere Besessenheit).
Das Nachwort thematisiert den Verlust engster Familienmitglieder.

SCHLEIER AUS SCHNEE

Als eine junge Frau tot in einer Hütte im Wald aufgefunden wird, scheint die Liste offener Fragen kaum ein Ende zu nehmen: Wer ist sie? Warum liegt sie dort im Wald? Wer hat sie ermordet – und warum?

Schnell kommt der Verdacht auf, dass mehr hinter der Tat steckt als bloße Willkür. Als der Journalist Philipp Kreil und seine junge Kollegin beginnen, Fragen zu stellen, stoßen sie bald schon auf ein Netzwerk aus Andeutungen und Intrigen. Doch auch dem zuständigen Kommissar werden offenbar willentlich Steine in den Weg gelegt, denn irgendjemand möchte, dass die Sache schnell zur Ruhe kommt.

Während die ganze Stadt im Schneechaos versinkt, zeigt sich schon bald, dass noch mehr Menschen in Gefahr sind, während irgendjemand ohne Rücksicht auf Verluste versucht, ein Geheimnis zu wahren.
Führen die Spuren zur ansässigen Universität?
Oder steckt etwas gant anderes dahinter?

Judith C. Vogt
Die Geister des Landes

Nord-Eifel? Nerd-Eifel!

Wer Eifel sagt, muss auch Krimi sagen? Unsinn!
Wenn Werwölfe umgehen und Götter in der Sauna in Lebensgefahr geraten … wenn unauffällige Anzugträger an deiner Tür stehen und dir dein Gesicht nehmen wollen … wenn du die Geister, die du riefst, nicht mehr los wirst – dann stehen nur vier Geeks zwischen der Welt, wie wir sie kennen, und dem Abgrund!
Die nerdig-abgedrehte Phantastik-Trilogie um Dora, Gregor, Fiona und Edi führt in ein Land voller undurchdringlicher Wälder, wilder Tiere und grimmiger Ureinwohner: In die Eifel!

Jeder Band der Trilogie enthält einen gebilderten Mythenanhang – alles rund um kopflose Juffern, Hinzenmänner, Nazi-Werwölfe, Schlangenjungfrauen und Sauna-Götter.

Jeder Band der Trilogie enthält einen gebilderten Mythenanhang – alles rund um kopflose Juffern, Hinzenmänner, Nazi-Werwölfe, Schlangenjungfrauen und Sauna-Götter.
Erschienen im Ammianus-Verlag.

Manuela Sonntag - Krieg den Schatten - Elysion

Alles was sie jemals wollte, war Priesterin zu sein. Alles was er jema wollte, war Macht. Jetzt erhebt er seine Armee aus den Schatten, und ur ihre Welt vor der Vernichtung zu bewahren, muss sie ihn aufhalten - ode sterben bei dem Versuch.

Elysion ist ein Kontinent im Gleichgewicht von Licht und Schatten.
Im Lichtreich wachen die Steinweisen über den Frieden und di Priesterschaft verehrt die Geister der Elemente. Im Schattenreic herrschen die Jormundr über die mächtigen Familien der dunklen Völke. Seit Jahrtausenden hielten sich diese Kräfte gegenseitig in Balance, abe jetzt muss sich diese althergebachte Weltordnung verändern. Ein ungewöhnliche Apparatur, ein wilder Drache, die Drohung eine undenkbaren Krieges und eine unvorhergesehene Liebesgeschicht werden sie dazu zwingen.

Manuela Sonntag - Der Rosenfriedhof

Man muss aus seiner Vergangenheit lernen, um die Zukunft zu gestalten. Oder auch aus Mehreren.

Wir alle sind ständig auf der Suche - nach Glück, Liebe, Geld, Macht oder dem Sinn unseres Lebens. Rebecca Curtis ist da keine Ausnahme.
Obwohl ihr Leben eine Blaupause für amerikanisches Familienglück zu sein scheint, kann sie den Verlust ihrer ersten großen Liebe nicht akzeptieren. Doch als sie beginnt sich mit dem Sinn ihres Lebens auseinanderzusetzen, führt sie die Suche nicht nur in ein unbekanntes Land, sondern schickt sie auch auf eine Reise in die Vergangenheit, die ihr bisheriges Leben völlig auf den Kopf stellt.
Mitten in den grünen Hügeln Irlands begegnet sie Liebe und Hass, Intrigen, Mord, Freundschaft und Erfüllung und muss lernen, dass manchmal nur der weiteste Weg zu uns selbst führt.

Manuela Sonntag - Die Versammlung
Veröffentlichung voraussichtlich 2019!

"Dies, mein lieber Wagner, sind moderne Zeiten. Aus den Magiern werden heut Fernsehstars, aus den Alchemisten Nobelpreisträger und aus den Nekromanten Forensiker. Für Jonas Wagner - nach langen Jahren endlich Doktor der Forensische Psychologie - ist es ein großer Coup, als er von Prof. Faust höchstselbst für ei praktisches Jahr im Morddezernat der Kriminalpolizei angefordert wird. Bal schon kann er seiner neuen Kollegin Margaretha beweisen, dass er mehr als nu nutzloses Bücherwissen zu ihren Ermittlungen beitragen kann - gerad rechtzeitig, denn eine Serie erratischer Morde gibt ihnen Rätsel auf.
Prof. Dr. Dr. Dr. Faust ist währenddessen damit beschäftigt den Täter zu finden, de die Grundfesten einer Jahrtausendealten Vereinigung bedroht und mus gleichzeitig alles daran setzen, dass seine jungen Schützlinge ihm nicht in di Quere kommen.